CROSS NOVELS

運命の王子様と出会ったので、花嫁になります

真船るのあ
NOVEL Runoa Mafune

あまちかひろむ
ILLUST Hiromu Amachika

CROSS NOVELS

Contents

CROSS NOVELS

運命の王子様と出会ったので、花嫁になります

季節は十一月に入り、そろそろロードバイクで246号線を走るのは風が冷たいと感じる時期になってきた。

とあるマンション前に愛車のロードバイクを停め、ビニール袋に入ったインドカレー弁当を提げ、彼、光凜《ひかり》は目的の部屋のインターフォンを押す。

「毎度ありがとうございます！　クイックデリサービスです」

家主に無事注文の品を届けると、再びロードバイクに跨《また》がり、光凜はハンドルにセットしてあるスマホを確認した。

ランチタイムは依頼が多いので、渋谷《しぶや》界隈を流しているとすぐ新しい仕事が入るのだ。

この仕事を簡単に説明するなら、『客が好きな店でデリバリーを頼み、それを光凜のように個人で登録している配達員が客の元へ商品を届ける』というところだろうか。

配達員になって仕事をもらうには、簡単な講習を受けてスマホと乗り物（自転車、バイク、車等）を持っていれば誰でも登録できる。

スマホのアプリをオンライン状態にしておくと、客からの注文が入る。

自分の現在地に近い店の依頼を探し、まず店へ行き、商品を受け取り、客の元へと届けるのだ。

無事配達が完了すると、報酬が発生し、口座に振り込まれる。

登録している会社は、客との直接現金の受け渡し作業がないので時間も手間も短縮できるし、トラブルも少ないのがありがたい。

なによりこの仕事の最大のメリットは、自分の好きな時間に好きなだけ働くことができるというところだ。

おかげで大学生の光凛は、講義が急に空いてしまった時なども無駄なく働き、稼げている。

そうこうしているうちにまた依頼を告げるアラームが鳴り、さっそく光凛は元気よくペダルを漕ぎ出す。

小泉《こいずみ》光凛、二十一歳。

現在はM大学国際学科の三年生だ。

小学生の頃に父を事故で、そして高校生の時に母を病気で亡くし、今は中部地方にある実家で暮らす母方の祖母だけが唯一の身内だ。

学費は父が遺《のこ》してくれた保険金でなんとかなっているのだが、一人暮らしの生活費その他諸々は頑張って自力で賄っているので、空いている時間はすべてバイトに費やさないと生活できない。

このデリバリーの仕事は都合のいい空き時間にやることができるし、同僚や先輩もなく、一人でできるところが気楽で合っていた。

最初は道に迷ったりしたものの、今ではすっかり慣れて抜け道近道はお手のものだ。

毎日目が回るほどの忙しさだが、それがいい。

忙しければ、よけいなことを考えずに済むからだ。

途中、渋谷のスクランブル交差点で信号に引っかかり、光凜は停車する。

するとと、頭上の大型街頭ヴィジョンでワイドショーが映し出されていたので、なんとなく眺める。

「さて、先日北欧の小国、アルトラニア王国の第二王子、アイザック殿下が来日されるとの一報がありました。なんと、アイザック殿下の来日の目的は、日本での花嫁探しであるといわれているそうですね」

コメンテーターからの振りに、女性アナウンサーが解説に入る。

「アルトラニア王国では、王族は代々王宮の宮廷占術師のご神託を受け、伴侶を決める習わしがあるそうなんです。現国王と王妃も、そのご神託によって結ばれたとか。アイザック殿下の長兄である王太子殿下も、弟君の第三王子殿下も、既にご神託が下り、お二人とももうご結婚されているんですね」

「へぇ、今どきなんというか、ロマンティックな風習ですね」

と、ゲストのコメンテーター達が無難な感想を語っている。

「それで、ですね。今回の急な来日は、アイザック殿下の運命の花嫁が、なんと日本にいるとご神託が下ったという噂《うわさ》なんですよ！　まだ極秘らしいですが、確かな筋からの情報です」

と、女性雑誌の記者が得意げに語っている。

「ええっ⁉　そうしたら、その幸運な女性は将来アルトラニア王家の一員になるんですよね。

それはすごい！」

そこで、本国の式典で正装しているアイザック王子の映像が流された。

緩くウェーヴがかかった、輝くような蜂蜜《はちみつ》色の金髪に、紺碧《こんぺき》の瞳。

黒の燕尾服《えんびふく》の胸部にいくつもの勲章がつけられ、赤のサッシェを身につけたその立ち姿は、そこいらのハリウッドスターよりも美しく、常人ならざるオーラを発していた。

――わ〜、ものすごい美形な王子様だな。

由緒正しい王家に生まれ、なおかつこれほどの容姿に恵まれているなんて、世界には天から何物をも与えられた人間というのが存在するのだなぁ、と感心して見とれてしまう。

「ごらんの通り、非の打ちどころのない美青年でらっしゃる、アイザック殿下のハートを射止めるのは、果たしてどんな日本人女性なのでしょうか。総力を挙げて取材しておりますので、引き続き続報をお待ちください！」

と、そこでワイドショーは別の話題に切り替わった。

――王子様の花嫁探し、か……まるでお伽噺《とぎばなし》の世界だな。

ああいう人達は、いったいなにを考え、普段どういう生活をしているのだろう？

庶民の自分と共通する部分など、あるのだろうか？

そんなことを考えているうちに信号が変わり、光凛は再びペダルを漕ぎ出す。

いかに効率よく仕事をこなすかで頭の中は一杯で、光凛はすぐにそのニュースのことなど忘れてしまった。


それから、数日。

講義を終えた光凜は、さっそくひと仕事するかと張り切って校舎を出た。

大学の駐輪場で愛車のロードバイクに乗り、デリバリーの真っ赤なデイパックを背負う。

いつでもどこでも始められる便利な仕事だが、一つだけ守らなければならないルールがあって、デリバリーの仕事中は必ずこの専用デイパックで食事を運ばなければならないのだ。

かなり派手で目立つため恥ずかしいが、これも宣伝の一環なのだろう。

愛用のヘルメットをつけて、準備万端のところへ、ちょうどロードバイクに装着したスマホに電話がかかってきたので、光凜はスピーカーにして応答した。

「はい」

『光凜か？　俺だ』

電話の主は、同じ大学の一年上の先輩だった。

ちなみにこのバイトのことを教えてくれたのも、彼だ。

四年生だが、既に大手企業への内定が決まった彼は、就職前の最後の小遣い稼ぎにと、今まで以上にデリバリーの仕事に精を出している。

「あ、先輩。もう走ってるんですか？」

『ああ、今日、なんだか渋谷の246辺りが妙に混んでるぞ』

「なんかの規制ですか？」

よくあることなので気にもせず、光凜はフリーハンドで会話しながら自転車を漕ぎ出す。

『う〜ん、それがよくわからないんだ。ま、自転車の俺らには関係ないか』

どんなに車が渋滞していても、小回りの利く自転車はその合間を縫って進める。

それが最大の利点だ。

『まぁ、とにかく一応気をつけろよ』

「はい、いつもありがとうございます」

こうして、先輩は渋滞などがあるとタイムリーに教えてくれたりするので、いつも助かっている。

もちろん、光凜もお返しにマメに情報を提供しているのだが。

折しもタイミングよくスマホのアラームが鳴り、仕事が入る。

——近いな。

なんとかなるか、と考えつつ、進路を方向転換する。

まずは快調に飛ばし、指定された中華料理店で注文の料理をピックアップし、依頼者のマンションへと配送する。

無事一本仕事を終え、軽く道路を流していると、ふと渋滞に気づいた。

――あ、先輩の言ってた通りだ。

しかし、一見いつもと変わりない渋滞に思えるが、普段となにかが違う。

なにがどう、とうまく説明できないのだが、それは毎日この道を走っている者の、ある種の勘だった。

――なんだろう、なんか落ち着かないな……。

うまく表現ができないのだが、なんとなくそわそわするような、ドキドキするような。

自然に気持ちが高ぶっていく奇妙な感覚に、漠然とした違和感を抱えながら走っていると、目の前の信号が赤に変わる。

それに従い路肩に停車すると、奇妙なことが起こった。

赤になったばかりの車道の信号が、チカチカと不規則に点滅し、十秒もしないうちに再び青に変わってしまったのだ。

――え……?

普段から通り慣れた道なので、信号の長さは大体把握している。

こんなに早く信号が変わるなんて、おかしい。

そう思ったが、それを知らない対向車は青信号なので速度を落とさず接近してくる。

が、目の前では、青に変わった歩行者用の信号に従い、小学校低学年くらいの男の子が手を上げて元気に渡り始めたところだった。

「危ない……！」

ちょうど左折してきた対向車は黒塗りのリムジンで、ようやく横断歩道の男の子に気づいたらしく、急ブレーキをかけるが、間に合わない。

次の瞬間、光凜の身体は無意識のうちに動いていた。

全力でペダルを踏み、恐怖で立《た》ち竦《すく》む男の子の前にロードバイクごと滑り込み、身を挺《てい》して庇《かば》う。

自分の身が危険だとか、そんなことは一切頭になく、ただ身体が反射的に反応してしまっていた。

自転車を乗り捨て、とっさに男の子を抱えて車に背を向ける。

そしてぎゅっと目を閉じ、次に襲い来る衝撃を待った。

が、なにも起こらない。

「……？」

恐る恐る目を開けてみると、リムジンは光凜のロードバイクの前輪の一部を踏み潰し、光凜達からわずか数十センチ手前で停まっていた。

「ま、間に合った……」

気が抜けて、光凛は地面にへたり込んだまま立ち上がれない。

「大丈夫ですか⁉」

すると、横断歩道手前に立っていた若い女性が声をかけてくれる。

「は、はい、大丈夫です」

そこで、リムジンの運転席からスーツ姿の外国人男性が降りてきて、慌てた様子で光凛に「お怪我はありませんか？」と英語で話しかけてきた。

「は、はい」

日常会話程度なら話せる光凛は、英語で応じる。

自分の愛車が壊れたのはショックだったが、それ以上にこの高級外車に傷がついてしまったのではないかという方が光凛には気になった。

すると、そこでようやく腕の中の男の子が我に返ったのか、大声で泣き出す。

「あらあら、びっくりしちゃったわね。もう大丈夫よ」

駆け寄ってきた女性は自分のハンカチを取り出し、男の子の顔を優しく拭いてくれた。

光凛も彼を立たせて全身を確認するが、幸いどこにも傷はないようだ。

「怪我はしてないみたいだけど、どこも痛くない？」

光凛がそう声をかけると、少年は「うん」と頷いた。

「おにいちゃん、ありがと」

まだ半べそをかいていたが、男の子はそう礼を言う。

「では、私もこれで」

と、若い女性も光凜に会釈し、足早に立ち去っていく。

「なに、どうしたの？」

「交通事故か？」

その頃になると、事故に気づいた通行人達が足を止め、野次馬がたかり始めてきた。

――ああっ、俺の愛車が……！

必死でバイトをしてお金を貯め、やっとの思いで買った、大切な愛車の無残な姿に、光凜は絶望する。

中古で、ロードバイクとしては格安だったのだが、光凜にとってはなによりの宝物だったのだ。

茫然と横断歩道の真ん中にへたり込んでいると、運転手が英語でいろいろ話しかけてきていたが、ショックで半分も耳に入らない。

将来は外交官になりたくて大学の英会話コミュニティに参加したり、ネットで英会話を勉強したりと努力して独学で英語を学んでいた光凜だったが、ネイティヴの外国人に早口でまくし立てられるとうまく聞き取れず、混乱してしまう。

すると、そこでリムジンの後部座席のドアがゆっくりと開いた。

降りてきたのは、年の頃は二十六、七歳くらいのスーツ姿の外国人男性だった。

輝くような金色の、緩くウェーヴがかかった髪に、澄みきった空を思わせるコバルトブルーの瞳。

突然目の前に現れた、超絶美形の登場に、ヘルメットを外しかけていた光凜はぽかんと口を開けて見とれてしまう。

すると男性は、すっと右手を差し出してきた。

手を貸してくれるのだと気づき、恐る恐る自分も右手を出すと、男性は光凜を立ち上がらせてくれた。

「怪我をしているな。大丈夫か？」

耳に心地よいバリトンヴォイスの英語は、スムーズに聞き取れたのでふと足許に視線を落とすと、サイクリングスパッツの右膝が破れ、少し血が滲《にじ》んでいた。

「あ、ホントだ……気がつかなかった」

男の子の無事ばかりが気になって、自分のことなど気にもしていなかったせいだ。

が、自転車で転倒はよくあることなので、大した傷ではない。

「大丈夫です。それより、あの……」

彼は、この車の持ち主なのだろうか？

よりによって、こんな高級外車にぶつかってしまうなんて、ついてない。

修理費用は、いったいいくらになるのだろう？

一応自転車の保険には入っているものの、果たしてそれで全額カバーできるのだろうか？

人生初の事故に、一瞬にしてそんな不安が襲いかかってくる。

と、次の瞬間、光凜の身体がふわりと宙に浮く。

――へ……？

なにが起きたのか理解できず、あっけに取られていると、男性は軽々と光凜を抱き上げていた。

いわゆる、お姫様抱っこというやつだ。

その時、なぜか一部始終を見守っていた後続車から降りた日本人青年が、慌てて駆け寄ってくる。

「殿下はお車にお戻りください。私が代わります！」

「大丈夫です。それより、ミスター・ハヤセ。ご両親に連絡を取り、男の子の方も念のため病院で検査を受けてもらってください。後でなにかあっては大変ですから」

「か、畏まりました」

美青年はそのまま光凜を運び、後続車の後部座席のシートに恭しく乗せてくれた。

そして最後に車内を覗くように身を屈め、じっと光凜を見つめる。

なんだか、それがひどく名残惜しそうな表情だったので、光凜は思わずドキリとしてしまう。

――な、なんでこの人、初対面の俺のこと、こんな目で見るんだろう……？

すると、美青年が告げる。

「私も病院に同行したいのだが、警備上の問題で難しいようだ。別れるのはつらいが、先にホテルで待っている」

「へ？　あ、あの……？」

なにがなんだかわからないうちに、美青年は自分の車に戻ってしまい、光凜を乗せた車にもさきほどの日本人青年が乗り込んでくる。

「あ、あの……自転車……」

「後ほど回収させますので、大丈夫ですよ。とにかくまず病院へ向かいますので」

あたふたする光凜をよそに、彼はスーツの懐から名刺入れを取り出した。

「申し遅れました。私、こういう者です」

年の頃は、二十七、八歳くらいだろうか。

黒髪を整髪料できっちりまとめているが、光凜と同じように、男性にしては華奢《きやしや》な体軀《たいく》で童顔なので、スーツを着ていなければまだ学生ぐらいに若く見える。

受け取った名刺には「外務省企画官　早瀬《はやせ》聡《さとし》」とあった。

――が、外務省⁉

いったいなぜ、単なる交通事故に外務省の役人が登場するのか。

驚いているうちに早瀬が運転手に病院へ向かうよう指示したので、光凜は慌てる。

「い、いいえ、ほんとに病院に行くような怪我じゃないので。それよりまだバイトが……」

「いけません！　かすり傷に見えて破傷風にでもなったら大変です。あなたは我が国の未来を背負う、大切なお身体なのですから」

「は⁉」

早瀬がなにを言っているのか、さっぱりわからない。

「とりあえず、身分証を拝見できますか？」

「あ、学生証と保険証しかないんですけど」

運転免許がない光凜にとって、身分を証明するものはそれしかない。

身分証を受け取って早瀬が確認しているうちに、近くの大学病院へと到着する。

あれよあれよという間に、光凜は大学病院で診察を受けることになってしまった。

外来は多くの患者で混雑していたが、なぜか数分もしないうちに光凜が診察室へと呼ばれる。

男の子の方も、両親の到着を待ってから検査に入るとのことで、ほっとした。

待っている人々に申し訳ないと引け目を感じつつ中へ入ると、中年の男性医師もなぜかこれ以上はないくらい丁寧な応対をしてくれた。

診察の結果は、やはり軽い打撲と擦過傷で、傷口を消毒してもらう。

会計もいつのまにか済まされていて、再び車に乗せられた。

「ど、どこ行くんですか？」

「外務省から大切なお話がありますので、しばらくお時間をいただきたく存じます」

「は、はぁ……」

外務省の役人が出てくるということは、なにか大変な事態に巻き込まれてしまったのだろうか、と光凜は内心青くなる。

「あの……さっきの外国の方は？」

そう質問すると、早瀬は驚いたように目を瞠った。

「ご存じないのですか？　あの方はアルトラニア王国の第二王子、アイザック殿下です」

そこでようやく、先日大型街頭ヴィジョンで見かけたニュースを思い出す。

言われてみれば、どうりで見たことがあるような気がすると思った。

——え、俺、王子の車と事故っちゃったの……⁉

これは大変なことになってしまった。

国賓《こくひん》に害をなしたのだから、ただでは済まないだろうと全身から一気に血の気が引く。

そうこうするうち、車は銀座《ぎんざ》にある最高級ホテルの正面玄関に横付けされた。

今まで、光凜が一度も足を踏み入れたことすらないようなハイクラスホテルだ。

それから、人目をはばかるようにエレベーターに乗り、ホテルの一室へと案内される。

スイートルームらしきその部屋には、既に数人のスーツ姿の男性達が待ち構えていて、物々しい雰囲気だった。

応接室のソファーに座っているのは、忙しくてあまりテレビを観る暇がない光凜でさえ、その顔を知っている外務大臣だった。

――ど、どうしよう⁉　俺、前科とかついちゃうのかな……。

光凜はソファーを勧められたが、もはや万事休すといった雰囲気に耐えきれず、立ったままぺこりと頭を下げる。

「この度は、本当に申し訳ありませんでした……！　まだ学生の身なのでお金はないんですが、車の修理代は分割にしていただければ必ず払いますので……っ」

必死に謝っていると、大臣が困ったように中腰になる。

「落ち着いてください。誰もあなたに修理代など請求しませんよ」

「……へ？」

「とにかく、まずはお座りください」

「は、はい……」

やむなく高級そうなソファーの隅に腰を下ろす。

「あの……いったい、なにが起きているのかわからないんですけど……」

「ええ、突然のことで驚かれたと思います。ですが、あなたは運命に選ばれた幸運な方なのですよ」

「運命……？」

「ここからは、早瀬の方からご説明させていただきます」

そう振られた早瀬が、勇んで胸を張る。

「そうです！　光凛さんはアイザック殿下の運命のお相手なのです」

「は……⁉」

ますます、訳がわからない。

すると、早瀬達の説明は驚くべきものだった。

「アルトラニア王国は先進国でありながら、いにしえの昔から独自の慣習を守り続けている希《け》有《う》な国で、特に王族の方々には千年以上も前から代々王宮にお抱えの宮廷占術師がおり、そのご神託に従って伴侶を選ぶしきたりがあるのです」

なんでも、占術師のご神託はいつ下るかわからず、下ったら即そのお相手を探す儀式が始まるらしい。

ワイドショーでちらっと見かけただけだが、まさかそんなに大々的なものだったとは。

——マジかよ……いまどき、そんな方法で結婚相手見つけるなんて、世界は広いなぁ。

口には出せないが、光凛は内心驚く。

「えっと……それが今回の事故となんの関係が……？」

「大いに関係あります。今回、アイザック殿下へのご神託がついに下り、殿下の花嫁はこの日本にいるというのです」

「は、花嫁……？」

早瀬の説明によると、あの日あの時刻、あの場所で、王子と出会う相手が、生涯を共にする運命の伴侶であるとご神託が下ったらしいのだ。

「突然のことで、まだお気持ちの整理がつかないとは思いますが、アルトラニアと我が国は現在貿易面でも外交面でもすこぶる良好な関係を保っております。日本人がアルトラニア王家に嫁ぐのは初めてのことで、光凜さんがアルトラニア王家の一員になられるのは大変喜ばしい慶事であると、日本政府は国を挙げて後押しする所存です。ですからどうか、なにとぞ前向きなご検討を、ここにいる一同ともどもお願い申し上げます」

早瀬がぺこりと一礼すると、その場に居合わせた役人らが一斉に頭を下げる。

「い、いや、ちょっと待ってください！」

「詳しいことは、早瀬からお聞きください。今後早瀬はあなた付きの担当者となりますので、なんでもご遠慮なくお申しつけください」

大臣はスケジュールが詰まっているのか、そう言い置くと慌ただしくスイートルームを後にした。

その場には、茫然自失の光凜と早瀬だけが取り残される。

「さぁ、それでは今後のスケジュールについて、具体的な手続きのお話に入りましょうか」

テンション高く言い、早瀬はウキウキした様子で目の前のソファーに座る。

「僕、まだ新米なので、まさかこんな大役を任せてもらえるなんて思ってもみなかったんですが、精一杯務めさせていただきますね！」

　年齢が近いせいか、二人きりになると若干砕けた口調になってきた早瀬に、光凜はようやく口を開く。

「あの俺……男、なんですけど……？」

「は……？」

「え……？」

「はい……⁇」

　スイートルームの室内を、奇妙な沈黙が支配する。

「またまた、ご冗談を！　保険証、拝見しましたよ？　光凜さん、どうしてそんな嘘《うそ》を……」

「いやいや、よく見てください」

　と、光凜は保険証を差し出し、性別欄を指差す。

　もちろん男性となっているそれを見て、早瀬の顔から一気に血の気が引いていった。

「そそそ、そんなバカな……っ！　光凜さんというお名前だし、てっきり女性かと……こんなに可愛いのに、嘘でしょう⁉」

「いや、嘘だと言われても……」

　身長百六十八センチに、体重五十二キロ。

　華奢な体軀と童顔のせいか、今までも女性に間違われることはよくあった。

ロードバイクで走っていて、横づけされた車の男性からナンパされたのは一度や二度ではない。

だが、まさか王子の花嫁候補と間違われるなんて。

「ど、どうしよう……！　こんなことが知られたら、左遷は確実です……っ。あれだけ血の滲《にじ》むような努力をして、ようやく入った憧れの外務省なのに……！　ああ、もう僕の人生詰んだ……っ、終わったぁ……!!」

「お、落ち着いてください、早瀬さんっ」

早瀬のあまりの取り乱しように、当事者の光凜の方が逆に冷静になってしまう。

「どうしよう、どうしよう……っ、もうこれ切腹しかないですかね？　遺書ってどう書けばいいんだろ。後でネットで調べなきゃ……」

「早瀬さん、しっかりしてください！　なにも死ななくたっていいでしょ!?」

ぶつぶつと独り言を呟き出した早瀬の両肩を揺さぶり、光凜は必死に正気を取り戻させようとする。

すると早瀬は放心したようにピタリと黙り込み、突然ポロポロと大粒の涙を流した。

「僕、同期入省の中で一番の期待株って持ち上げられて、自惚れてたのかな……今回の大抜擢《だいばってき》で浮かれてはしゃいで、このていたらくですよ……僕のことを推してくれた上司にも、顔向けできない……やっぱりいっそ死んだ方が……！」

「だから、思い詰め過ぎですってば！」

必死に説得しているうちに、光凜はふと事故の時のことを思い出す。

あの時は動揺していたので気にも留めなかったが、現場には確か若い女性がいた。

「あ～～～!!」

「な、なんですか？」

突然大声を上げた光凜を、床に突っ伏していた早瀬が不審げに見上げてくる。

「いたんですよ、女の人！　俺に声かけてくれて、大丈夫だとわかったら、そのまま行っちゃったんですけど、きっとその人が本物の運命の人で、俺は間違われただけだと思います！」

勇んで報告すると、早瀬がひし、と光凜の膝に取りすがってくる。

「ほ、本当ですか⁉」

「ええ、その人を捜し出せばいいんじゃないですかね」

現場近くの防犯カメラの映像を当たれば、女性の人相や背格好はわかるはずだ。

そう告げると、絶望に打ちひしがれていた早瀬はすっくと立ち上がり、光凜の両手を握りしめてきた。

「ありがとうございます、光凜さん！　おかげで一筋の光明が見出せました」

「よかったですね、絶対に切腹したりしちゃ駄目ですよ？　それじゃ、俺はこれで……」

バイトの続きをこなしたくて、そそくさとその場から逃げ出そうとするが、早瀬ががっしと握った手を離してくれない。

「待ってください！　この後、アイザック殿下があなたとお話ししたいとご所望なんですよ」

「ええ⁉　む、無理ですって！　近くで見たら男だってバレますよ？」

「大丈夫です。僕、この近距離でもまだ光凜さんが男性だって信じられないですもん」

「いやいや、そういう問題じゃ……」

と、光凜が早瀬とモメていると、部屋のドアがノックされた。

「は、はい！」

光凜があっけに取られているうちに、早瀬がドアを開けてしまうと、廊下からスーツ姿の外国人男性が入室してきた。

年の頃は、三十を少し出たくらいだろうか。

アイザックは輝くような蜂蜜色の金髪をしているが、こちらの男性は絹糸のようなプラチナブロンドだ。

しなやかな体躯だが胸板は厚く、恐らくアイザックの護衛を兼ねているのだろう、隙のない身のこなしだった。

「私はアイザック殿下の側近で、テオと申します。お話はお済みになりましたでしょうか？　殿下が、ヒカリ様をお待ちなのですが」

「はいはい！　大変お待たせしましたっ、今お連れするところだったんですよ！」

「ちょ、ちょっと、早瀬さん⁉」

「いいですか？　後生ですから、今はまだ人違いだってこと殿下達には言わないで、なんとか誤魔化してくださいっ、でないと僕、ほんとに……」

と、小声で耳打ちしてきた早瀬が、エア短刀で腹を切るジェスチャーをする。

どうしよう、と困惑しているうちに、なかばテオと早瀬に連行されるように同じ階にある別室へと案内されてしまった。

「失礼ですが、ボディチェックをさせていただきますが、よろしいですか？」

「は、はい」

『女性』である光凛に配慮し、女性の侍従が現れる。

身体に触れられるので男だとバレるのではとヒヤヒヤしたが、幸い大丈夫だったようだ。

ボディチェックなどされるのは初めてなので、光凛の緊張はさらに高まる。

「こちらです」

テオに案内され、恐る恐る中へ進むと、そこはスイートルームのリビングだった。

そして、会議室かと思うほどの広さの部屋に設置されている大型ソファーに座っていたのは、あの美青年だ。

光凛達が入室すると、彼は立ち上がり、歩み寄ってくる。

そして、まず「怪我は大丈夫か？」と英語で尋ねてきた。

「あ、はい。病院で消毒してもらったので、大丈夫です。ご心配をおかけしました」

なので、光凜も英語で応じる。

声で男だと悟られないようにという配慮と緊張で、多少声が裏返ってしまった。

「もっと近くで、よく顔を見せてくれ」

そう乞われ、やむなく一歩近づくが、内心はお願いだからバレないでくれと戦々恐々だった。

かたくなにうつむいたままの光凜をじっと見つめ、アイザックがほぅ、と吐息を落とす。

「待ちかねたぞ、ヒカリ。我が生涯の伴侶よ！　どれほどそなたに会いたかったことか」

「は、はぁ……」

あまり喋るとボロが出そうなので、光凜は後ろに控えている早瀬に目配せを送った。

すると、それに気づいた早瀬が、すかさず英語でフォローに入ってくれる。

「恐れながら殿下、光凜さんは突然の話にとても驚かれていて、少し考える時間をいただきたいとおっしゃっておられます。どうか、心の準備に数日の猶予をいただけませんか？」

するとアイザックは鷹揚《おうよう》に頷く。

「うむ、確かに結婚は人生最大の決断だからな。親族に報告もせねばならないだろう。わかった。それでは三日後にネット中継で本国の宮廷占術師のタマラと、私の家族達と対面することにしよう。隣のスイートルームをそなたのために押さえてある。必要なものはすべて揃えておくので、身一つで移ってくるといい」

「い、いえ、そんなご迷惑をおかけするわけには……」

アイザックがこのホテルに自分を滞在させる気だと知り、光凜は慌てて断ろうとしたのだが。

「それでは、殿下。三日後責任を持って、この早瀬が光凜さんをお連れしますので！　今日のところはこれで失礼いたします！」

すかさず早瀬に遮られ、光凜は廊下へと連れ出された。

「困りますよ、光凜さん。殿下のご厚意を無にするような言動は極力避けてください」

「そ、そんなこと言ったって、ここにずっと滞在させられたりしたら、バレる確率上がるじゃないですか！」

「し～っ、声が大きいですよっ。とりあえず、いったん落ち着きましょう。ね？」

早瀬に宥《なだ》められ、元の部屋へと戻った二人は、改めて額を突き合わせて話し合いをする。

「ホント、無理ですって！　俺、男なんだしっ」

「わかってます！　わかってますけど、ここはその本物の運命の女性を捜し出すまでの間、なんとか間を持たせていただけませんか？」

早瀬が言うには、アイザックが言っていた、ネットのオンライン中継でアルトラニア国王夫妻達との面談はほんの十分程度で済む、形式的なものらしい。

「で、でも！　もし男だってバレたらどうするんですか⁉」

「メイクもしていないのに、現場に居合わせた全員あなたのことを女性と疑っておりませんでしたが？」

「……それはともかくとして!!　やっぱり身代わりなんて無茶ですって。素直に謝っちゃった方がいいですよ」

　なんとか思いとどまらせようとゴネ続けると、早瀬はまたじわりと涙を浮かべる。

「……わかりました。そうですよね。無理言ってすみません……ぜんぶ僕が悪いんです。やっぱり切腹するしか……」

「いや、だからですね」

　泣き落としの後、早瀬が今度は作戦を変えたのか、光凜がスルーできない好条件をちらつかせてくる。

「そういえば光凜さん、M大の国際学科ですよね？　将来外務省で働きたいというお気持ちはありませんか？」

「え⁉　が、外務省でですか？」

「ええ。ここで我々に恩を売っておくと、後々就職に有利に働くと思いませんか？　この窮地を救ってくださった暁には、もちろんそれ相応の見返りは期待していただいてよろしいかと」

　暗に外務省への入省をほのめかされ、光凜はごくりと唾を呑《の》む。

　いくら優秀な成績で公務員試験に受かったとしても、官僚になるのは並大抵のことではないし、コネがあるのとないのとでは雲泥の差がある世界だ。

恐らくこの機会を逃したら、なんのツテもコネもない自分に、こんなチャンスは二度と訪れないだろう。

一生安泰、堅実な人生、キャリア公務員というワードが、頭の中を駆け巡る。

もし外務省に入省できたら、故郷の祖母はどれほど喜ぶだろう?

高齢の祖母を一人故郷に残すのが心配で、東京の大学受験をためらっていた光凜だったが、『光凜は勉強熱心だから、きっと将来は外交官になって大勢の人の役に立つ仕事ができるよ。頑張ってきなさい』と背中を押してくれた。

そんな祖母に、恩返しがしたい。

光凜にとって、それが唯一の夢であり目標なのだ。

「……その女性、一日も早く見つけ出してくれますか?」

「はい、我々が持てる力を総動員して、全力で捜し出します」

「……その女性が見つかったら、俺は本当にお役御免ってことでいいんですよね?」

「はい、もちろんです。個人の婚姻を強制することはできませんから、あなたには拒否する権利があります。多少交際期間があって、破談になるのはよくあることなので問題ないかと。本命の女性が見つかり次第、すぐにアイザック殿下に『ご神託は人違いでした』と、その方をご紹介しますので安心してください」

「……」

そこまで言われ、光凜はううむ、と腕組みした。

「とはいえ、三日……たった三日で、女性としてのメイクとか歩き方とかをマスターしなきゃいけないってことですよね……」

「女性用衣服やメイク道具は、もちろんこちらですべてご用意させていただきます。そうと決まれば、光凜さんには三日間こちらに滞在していただいて、今から特訓に入りましょう！」

「へ？　い、今からですか？」

「ああ、こうしてはいられない！　すぐウォーキングのインストラクターとメイクアップアーティストを手配してきます！」

と、早瀬は止める間もなく、あたふたと部屋を出ていってしまった。

「……マジか……」

なんだか餌につられて、大変なことを引き受けてしまった気がする。

光凜は後からじわじわ悔やんだが、あとのまつりだった。


「はぁ〜〜〜疲れた〜〜〜」

夜遅く、ようやくアパートの部屋へ戻った光凜は、ベッドにドサリと身を投げ出す。

丸三日のスパルタ特訓を受け、もうフラフラだ。

早瀬にはこのままホテルに滞在するよう勧められたが、光凜はそれを断り、毎日レッスンを受けるためにホテルへと通った。

豪華なホテルが慣れないので、落ち着いて眠れないと思ったからだ。

が、狭いアパートの部屋には、早瀬が用意した女性用の洋服や化粧品が山と積まれ、足の踏み場もない。

疲労困憊《ひろうこんぱい》で片付ける気力もなく、光凜は女装姿のまま痛む足を摩《さす》った。

人生初のヒールを履いてウォーキングレッスンを受けたせいで、踵《かかと》は靴擦れで絆創膏だらけだ。

なにより今まで身につけたことのない、女性物のストッキングや衣服で生活するのが大変だった。

布団に突っ伏し、少しだけ、と目を瞑《つぶ》る。

が、そのまま寝てしまったのか、光凜は開け放したままだったカーテンから差し込む朝日の眩しさで目が覚めた。

「……やべ、メイク落とさないで寝ちゃったよ……」

お肌が荒れるもとだと、メイクアップアーティストからお目玉を食らってしまうと、もそもそと起き出す。

ファンデーションがガビガビになっていて、気持ちが悪い。

とりあえずシャワーを浴び、部屋着のスウェットに着替え、髪を乾かしてからさっぱりした気分で窓辺に立ち、大きく伸びをする。

風呂上がりで喉が渇いたので、外を眺めながら牛乳パック一リットルをダイレクトに口をつけてごくごく飲む。

アパートの二階角部屋の光凜の部屋からは、下の道路と歩道がよく見えるのだが、ふと気づくと、そこに音もなく黒塗りの高級外車が停まった。

まだ朝早い時間で、通行量も少なかったので、よけいに目立つ。

――え……あれって……？

見覚えのある車にいやな予感がして、光凜は思わず注目する。

すると、運転手が後部座席を開け、降りてきたのはカシミアのロングコートを羽織り、サングラスをかけた黒髪の男性だった。

いや、髪の色は違うが、背格好からわかる。

――ア、アイザック殿下だ……！

光凜は一気に全身から血の気が引く思いがし、慌てて窓から離れる。

なぜ、こんなところに王子がいるのか？

偶然……いやいや、あり得ない。

それより早瀬が、光凜の住所を教えたと考える方が自然だ。

「くそ〜〜！　早瀬さんめ！」

怨嗟の言葉を吐きながら、光凜は部屋に散乱していた女性物の荷物をバスルームに放り込む。

「あ、メイク！　メイクしないと！」

慌てふためいているうちに、部屋のドアがノックされ、光凜は飛び上がる。

「は、はい！」

「私だ、ヒカリ。入れてくれ」

廊下から聞こえてくるのは、紛う方なきアイザックのバリトンヴォイス。

「は？　じ、女性の部屋に男の人を入れられるわけないでしょ？　帰ってください！」

急いでスウェットを脱ぎ捨て、その辺にあった、体型のわかりにくいワンピースをひっかぶりながら、光凜は叫ぶ。

「花を持ってきた。花だけでも受け取ってくれないか。枯れてしまってはかわいそうだ」

しおらしくそう懇願されると、それ以上突っぱねるのも気の毒になってしまうのが光凜のお人好しなところだ。

それに、いつまでも押し問答をしていて、近くの部屋の住民にアイザックが見つかる方がまずい。

「……わかりました」

まだメイクをしていないが、少しドアを開けるだけなら大丈夫だろう。

ドアチェーンを外し、細く開けたドアから覗くと、突然目の前に大輪の深紅の薔薇の花束がぬっと差し出された。

百本はある、それは豪華な花束だ。

――こ、これ……いったいいくらすんの？

それが大き過ぎて、かなりドアを開けなければ入らず、光凜が受け取った花束の値段を気にしているうちに、長身のアイザックが頭を屈めるようにして勝手に玄関に入ってきてしまう。

「ち、ちょっと⁉」

「ここがヒカリの部屋か」

物珍しげに室内を見回したアイザックは、一拍置き、深刻な表情になった。

「ここは、玄関か？」

「は？　ここでぜんぶですけど」

光凜が答えると、アイザックはひどくショックを受けた様子だった。

そして、「……うちのエドの小屋よりも狭いぞ。本当にここに住んでいるのか？」とのたまう。

「エドって？」

「私の愛犬だ」

犬小屋より狭いと言われ、光凜はむっとする。

「おかげさまで！　快適に暮らしてますけど、なにか？　うちが狭いのはどうでもいいじゃないですか。いったいなにしに来たんです⁉」

片手で顔を隠しながら、光凜はなんとかアイザックの視界を塞ごうと背伸びをするが、悲しいかな、十センチ以上身長差があるので、無駄な努力だった。

「決まっている。そなたを迎えに来たのだ」

「……ネット中継は、夜でしょ？」

「そうだが、待ちきれなくてな。まだヒカリとはゆっくり話もしてない。その前にデートしようではないか」

「だ、だからって、こんな朝早く来られても困ります。私、まだメイクもしてなくてスッピンなんですよ？」

そう抗議するが。

「ヒカリは素顔でも美しいのに、なぜメイクする必要がある？」などと甘いセリフを吐かれてしまう。

どぎまぎしていると、アイザックがそのまま畳の部屋に上がろうとしたので、光凜は飛び上がった。

「靴！　靴脱いでくださいっ」

「そうなのか？」

えらい剣幕で止められ、アイザックがきょとんとして自分の高級そうな革靴を見下ろす。

「すまない、このような小さな住居に入るのは初めてのことなのでな」

「どういたしまして！　上がらなくてけっこうです！」

天然王子に振り回され、プリプリしていると。

「そう怒るな。可愛い顔がだいなしだぞ？」

と、まるで機嫌を取るように指先で光凛の小さな顎をすくい上げ、くすぐってくる。

——こ、こんなキザなことしてサマになるなんて、イヤミ過ぎるだろ〜！

と、光凛は同性相手に思わずドキドキさせられてしまう。

「ハヤセから、ここを聞き出すのに苦労したのだぞ？　なぜか三日間は準備があるので、そなたとは面会禁止だとかたくなに拒否されてな」

「は、はぁ……そうですか」

『女子力』を身につけるまでの間、なんとかアイザックの猛攻の盾となってくれた早瀬に、ほんの少し同情する。

「まぁよい。そなたの家もわかったことだし、これからは毎日迎えに来よう」

「絶対やめてください！　王子に連日通われたら、バレちゃうじゃないですかっ」

「だから、こうしてわざわざ変装してきたではないか。どうだ、似合うか？」

と、アイザックは優雅にポーズを取って見せるが、それがグラビア雑誌のモデルのごとくきまっているのがまたイヤミだった。

「とにかく！　車で待っててくださいっ、十分で支度しますから！」

悲鳴を上げてなんとかアイザックを部屋から追い出し、光凜はぐったりする。

超特急でメイクを済ませ、女性用ハンドバッグにスマホと財布を突っ込んで（余談だが、早瀬はご丁寧に女性物のハンカチや財布まで一式用意してくれていた）ヒールをつっかけ、部屋を出ようとするが、花束のことが気になり、花瓶がないのでバケツに水を張り、そこに茎の先を浸けて安心する。

ヒールを履くとまた靴擦れが痛んだが、やむなく小走りに階段を駆け下りた。

通行人が、コインパーキングに停まっている高級外車をじろじろ眺めているので、急いで乗り込む。

光凜を乗せると、車はなめらかに発進した。

「さぁ、どこへ行きたい？　ヒカリが行きたいところどこでもいいぞ」

「ってか、私朝食もまだなんですけど」

そう抗議しつつ、光凜はなんとかしてこの天然王子に嫌われる方法はないかと思案する。

こうなったら、なるべく地を出して、女性らしくなくガサツな人間だと思われるしかない。

「じゃ、おなか空いてるんで、私がよく行くお店に行っていいですか？」

「ああ、ヒカリの行きつけの店か。それは楽しみだ」

話はまとまり、光凜が道案内をして、念のため自宅アパートから離れた立ち食い蕎麦《そば》チェーン店へ向かう。

実際通っている近所の店を避けたのは、万が一店員に『男』の自分の顔を憶えられていては困るからだ。

「ここか?」

現地に到着し、車を降りると、アイザックは小さな店を興味深げに眺める。

「はい、安くてボリュームがあって、まぁまぁおいしいんですよ」

「皆、立って食べているぞ? なぜだ?」

「そういうお店なんです。回転がいいから安いんですよ」

「なるほど、それは面白いな」

立ち食いなんて、と眉をひそめられると思ってここを選んだのに、アイザックは物珍しいのか、入る気満々だ。

「殿下、ここは警備上おやめになられた方が……」

狭い店なので、側近のテオが当然ながら難色を示す。

「よい、供もいらぬ」

そう言い置き、アイザックは光凜と共に店に入る。

一国の王子を立ち食い蕎麦屋に連れていくなんて、とテオの冷ややかな視線が背中に突き刺さるが、光凛はそ知らぬふりで券売機の前に立つ。

「これは？」

「自動券売機です。人件費を節約するために、先に会計を済ませるシステムなんですよ」

「そうか、ではこれを」

と、アイザックが言うと、隣に控えていたテオが財布からクレジットカードを差し出してくる。

それがブラックカードだったので、光凛は思わず目を剝《む》いた。

噂によれば、戦車も買えるという、セレブの中のセレブのみが所持を許されている、伝説のカードだ。

——ブラックカードなんて、生まれて初めて見た……！

そしてもう、この先一生見る機会もないだろう。

「こ、こういうとこは現金オンリーなんですよ」

言いながら、自分の財布で二人分支払う。

「すまない。では、ランチとディナーは私がご馳走しよう」

「いえ、そういうのいいですから」

どれにするかと尋ねると、光凛と同じものをと言われたので、コロッケ蕎麦に生卵をプラスした、月見コロッケ蕎麦を二つ注文する。

「普段はコロッケ蕎麦なんですけど、バイト代が出た時とか、奮発して生卵つけちゃうんですよ」

それが給料日の、ささやかな贅沢なので、つい嬉々として語ってしまう。

するとアイザックに「一つ数十円の卵が贅沢品とは、ヒカリはそんなに貧しいのか？」と真顔で心配された。

「私、生活費は自分で稼いでいるんです。だからバイトに忙しくて、あなたにかまっている時間ないんですよ」

思い切って冷たく言うと、「ヒカリ様、それは……」と見かねたテオが口を挟んでくる。

すると、アイザックが片手で制した。

「それはすまないことをした。だが、私の花嫁になれば、もう生活の苦労はなくなる。大切にすると誓うぞ？」

「だから、私は結婚する気は……！」

光凜が噛みつこうとすると、タイミング悪くカウンターから注文した蕎麦が出てしまう。

「ずいぶん早いな。注文したばかりなのに」

「……こっちです」

それをセルフサービスのトレイに載せ、アイザックを連れて店の隅のコーナーに陣取る。

モデルばりの長身のイケメン外国人の登場に、店内にいたスーツ姿のサラリーマン達が驚いたようにこちらを見ているのがわかった。

――うう、変装してても、めっちゃ目立ってるよ……！

光凜は思わず首を竦めるが、アイザックは湯気を立てている月見コロッケ蕎麦を、物珍しげに眺めている。

「和食は好物だが、このようなメニューは今まで見たことがない」

「……でしょうね」

「アイラに見せてやるとしよう」

と、アイザックはスマホを取り出し、写真に収める。

そして、「アイラというのは私の妹だ」と教えてくれた。

スマホの画像を見せられると、そこにはアイザックと十二、三歳くらいの可愛らしい女の子がツーショットで写っていた。

「わ、可愛いですね」

アイラはアイザックと同じ、ハニーブロンドにブルーアイで、かなりの美少女だった。

「年が離れているせいか、とても可愛い」

そう語るアイザックは、本当に妹を目の中に入れても痛くないほど溺愛している様子で、微笑ましい。

が、そこで光凜ははっと我に返る。

――いかんいかん、なに絆されてんだ、俺！

「と、とにかく、冷めないうちに食べましょう」

動揺を誤魔化すために、割り箸を割る。

するとまたテオが控えめに後ろから声をかけてきた。

「恐れながら、殿下。生卵は召し上がらない方が……」

「え？　どうして？」

不思議に思い、思わず光凜が聞いてしまうと、アルトラニアでは生の卵を食べる習慣がないとの返答だった。

「日本の卵は衛生管理がしっかりしてるから、生でも問題ない」

「ですが、万が一ということが……」

「テオは本当に心配性だな」

アイザックが取り合わないので、テオは渋々引き下がる。

——そっか、王族の人って式典とか欠席するような、食中毒の危険があるものは、なるべく食べないようにしてるんだ……。

そこまで考えが及ばなかった光凜は、反省する。

「あの、すみません。私……」

「気にするな」

アイザックは光凜の真似をし、ぎこちなく両手を合わせて「イタダキマス」と日本語で言った。

和食が好物と言っていただけあって、綺麗《きれい》な箸使いだ。

コロッケはラッキーなことに揚げたてだったので、まずはサクサクのうちに一口囓《かじ》る。

そして、蕎麦を食べているうちに出汁を吸ったコロッケがほろほろと崩れかけていて、そこがまたおいしい。

「ふむ……揚げたてのクロケットにダシが染みて、チープだが後を引く味だ。うまい」

「無理しなくていいですよ。どうせご馳走ばかり食べてるから、口に合わないでしょ？」

光凜は、わざと意地悪なことを言ってやる。

「そんなことはない。ヒカリが初めてご馳走してくれたものだからな。とても嬉しい」

そう告げるアイザックは本当に嬉しそうで、その笑顔についドキリとさせられてしまう。

――イケメン王子のくせに可愛いなんて、反則だろ……。

セレブや王族なんて、もっと威張りくさっていて横柄なのだろうと勝手なイメージを抱いていたが、アイザックはそれから大きく外れていた。

「はぁ、おいしかった。ご馳走さまでした」

最後に汁まで飲み干し、光凜は満足する。

丼をトレイに置き、ふと視線を感じて隣を見ると、先に食べ終えていたアイザックがじっと光凜を見つめていた。

「か、顔になにかついてます？」

もしかして食べかすでもついているのかと慌てて紙ナプキンで口許を拭うが、アイザックは
「いや、可愛いなと思って」と真顔で言ってくる。

「蕎麦を啜《すす》る姿まで愛らしいとは、さすが私の伴侶だ」

「ななな、なに寝言言っちゃってるんですかっ！」

見ると、アイザックの丼も空で、完食していた。

そういえば、王族や皇族の人々は、出されたものは残さず食べないと失礼になるからと子どもの頃から躾《しつ》けられていると、なにかの本で読んだことがある。

やんごとなき人々も大変なのだな、と考えたのを思い出し、光凜はアイザックが無理をしていないか気になった。

「ゴチソウサマでした」

店を出る際、アイザックが店員に日本語で礼を言うと、店員は一瞬ぽかんとしてから、笑顔で会釈してくれた。

「ありがとうございました！」

外へ出ると、すかさずテオに車へと誘導される。

「ヒカリとの朝食はとても楽しかった。すまないが私はこれから公務がある。どこへ送ればいい？」

どうやらアイザックは、詰まったスケジュールの中で自由になる時間を縫って、わざわざ会

いに来たようだ。

だから早朝だったのか、と光凛は納得する。

「ここでいいです。買い物していくんで」

この上、大学まで送られてはたまらない、と慌てて辞退する。

「そうか？　一人で危険ではないか？　なんなら護衛を置いていくぞ？」

「けっこうです！　それじゃまた夜に！」

とんでもないと拒絶し、光凛はそそくさと逃げ出す。

だいぶ離れてから物陰に身を隠し、こっそり様子を窺《うかが》うと、アイザックを乗せた車は無事走り去っていったのでほっとする。

光凛はさっそくスマホを取り出し、教えられていた早瀬の電話番号に電話した。

「もしもし、早瀬さんですか？　うちのアパート教えるなんて、ひどいじゃないですかっ。朝っぱらから急襲されましたよ」

『すすす、すみません！　殿下がどうしてもお迎えに行きたいからと粘られまして……』

さすがに、早瀬もバツが悪そうだ。

『前もってお電話したんですが、光凛さんが出なかったのでお伝えできなくて』

朝まで爆睡していたせいで、その早瀬からの電話に気づかなかった自分も悪いと、光凛はあきらめた。

『それで、殿下は？』

「俺と朝飯の立ち食い蕎麦食べて、今別れたとこです」

『ええっ⁉　光凜さん、殿下を立ち食い蕎麦に連れていったんですか⁉』

「あ、ちゃんと変装してたから大丈夫ですよ。俺のこと、あきれて嫌ってくれないかなと思ったんですけど、なんか物珍しかったみたいで、失敗しました」

『は、はぁ……あのロイヤルなオーラ全開の方をよく連れていけましたね……なかなかの大物ですね、光凜さん』

と、早瀬には妙に感心されてしまう。

「それより！　これ以上俺の身許調べさせたり、大学とか教えたりしないでくださいよ？」

『それに関しては、こちらで詳細な調査中ということで時間を稼いでます。でも、またアパートへお迎えに行かれるかと思うので、お勧めした通りホテルに滞在された方がいいと思いますよ？』

「……わかりました」

何度も通われ、住民にアイザックだと気づかれては大変なことになるし、住民と接触されて光凜が男だとバレたらさらに困ることになる。

大学ももうすぐ冬休みに入るので、しかたないが落とせない講義だけ出席して、あとはアイザックが帰国するまでの二週間をホテルで大人しく過ごすしかないようだ。

「……早瀬さん、もしかしてこうなるように、殿下に俺のアパート教えたんじゃないでしょうね？」

『ええ？　誤解ですよ～。まぁ確かに、光凜さんにホテルにいてもらう方が僕は楽なんですけどね、あはは』

と、早瀬が朗らかに笑って誤魔化す。

彼はいかにも育ちがいい、生粋のお坊ちゃまらしく、まるで邪気がないため、なにをされても許せてしまうところがあるので困る。

天然のくせに策士だぜ、と思いながら、光凜は電話を切った。


こうして、光凜は三日間の特訓としごきを乗り越え、『一人前のレディ』として改めてアイザックとの対面の時を迎えた。

早瀬が用意してくれた、清楚《せいそ》な白のシフォンワンピースに白のハンドバッグ。

パンプスは光凜が百七十センチ近くあるので、あまり身長が高くならないようにと五センチヒールのものだ。

アイザックは百八十二センチだというので、隣に並ぶとちょうどいいバランスだろう。

たった三日間でナチュラルメイクの手順もきっちりマスターし、ストッキングだって破らず上手に履けるようになった自分を褒めてやりたい。

歩き方も女性らしくなるように、がに股は絶対禁止。

声も、従来より高めの出し方をヴォイストレーニングで身につけた。

いずれも早瀬が手配した専門家達が頑張ってくれたが、彼らもまさか男性を女性に見えるようにしろという依頼にはさぞ驚いたに違いない。

「わぁ、光凜さん。すごく綺麗ですよ！　本当に男の人なんですか？」

無邪気に手を叩き、真顔でそれを言ってしまうのが早瀬のすごいところだ。

「早瀬さん、ちょっと一緒に来てください」

「いいですけど、どこへ行くんです？」

アルトラニアとは時差があるので、夜にネット通信が予定されていたのだが、光凜はそれより早く早瀬と共にアイザックの部屋へと向かう。

テオが応対し、中へ入ると、アイザックはもう戻っていた。

「おお、ヒカリ。早めに私に会いに来てくれたのか？」

両手を広げて歓迎されるが、光凜は淡々と告げる。

「殿下、申し訳ないのですが、ご家族との対面は遠慮させていただきたいです」

「光凜さん、なにを⁉」

早瀬には一切相談していないので、寝耳に水だというように彼が慌てているが、光凜は黙殺する。

「それはなぜだ?」

「私は学生の身で、結婚はまだ早過ぎるからです。今、私には気持ちの準備が整っていません。こんな中途半端な状態のまま、ご家族に紹介していただくのは失礼だと思いました。申し訳ありません」

はっきり自分の思いを口にし、光凜は深々と頭を下げた。

「ひ、光凜さん、そんなはっきり……」

間に挟まれた早瀬は、まさか光凜がそこまできっぱり拒絶するとは思っていなかったらしく、青くなっている。

だが、不用意にアイザックに期待を持たせるような真似はできない。

これでいいのだ、と光凜はまっすぐアイザックを見つめ返す。

視線を逸らしたら負けだ、とばかりにぐっと眼力を込めてアイザックを見つめていると、彼がなぜかふっと微笑んだ。

「わかった。ヒカリの意志を尊重しよう。私の家族との対面は、ヒカリが納得してからでかまわない。ただし、こちらも譲歩するのだ。ヒカリにも一つ条件を呑んでもらいたい」

「な、なんですか?」

いったい、なにを要求されるのかと身構えていると。

「これは、私からの心ばかりのプレゼントだ。どうか受け取ってほしい」

アイザックがそう言うと、テオが廊下からなにかを運んできた。

「え……これって……」

驚いたことに、それは新品のロードバイクだった。

しかも一流ブランドの最高級品で、百万近くする。

もちろん貧乏学生の光凜には到底手が出ない代物で、雑誌で見てはため息をついていた、今年のニューモデルだった。

「ヒカリの大切な愛車を壊してしまったからな。これで許してもらえるだろうか？」

「わ、私の自転車は中古品の安物で……こ、こんな高いもの受け取れませんっ」

「私には自転車のことはよくわからなくてな。メーカーに相談したら、これを勧められた。ヒカリがもらってくれないなら、処分することになるのだが」

「す、捨てるなんてもったいない……！　捨てるくらいなら私が……っ」

つい本音が出てしまい、はっとするとアイザックが肩を震わせて笑っている。

「我が花嫁は正直で実によい。素直に受け取ってくれ」

「……」

光凜が返事に困って沈黙すると、アイザックが歩み寄り、告げる。

「あと一つ。私達はまだ出会ったばかりで、互いのことをなにも知らない。私が日本に滞在する間に、もっとよく知り合い、それから結論を出しても遅くはないのではないか？」

「そ、そうですよ！　光凜さんはちょっと結論を出すのに気が早過ぎますよね。あはは」

早瀬も、必死になってアイザックの掩護射撃をする。

そしてアイザックはとびきり魅力的な笑顔で、用意していた装飾品らしきケースを開けた。

中に入っていたのは、可愛らしいデザインのダイヤのネックレスだ。

断る間もなく、アイザックに背後から首につけられてしまう。

彼に接近され、心拍数はなぜか急上昇してしまった。

耳まで赤くなる光凜を眺め、アイザックが満足げに頷く。

「うむ、よく似合っている。肌身離さずつけていてくれたら嬉しい」

「いや、もらえませんってば……」

外そうとすると、アイザックには見えない位置で、早瀬が必死にエア短刀で切腹ジェスチャーをしている。

そうだった。

本物の女性が見つかるまでは、まだあまりきっぱりはっきりと拒絶できないのだったっけ。

「……あ、ありがとうございます」

もごもごと礼を言うと、アイザックは嬉しそうに微笑み、「ヒカリ、改めて私と恋をしよう」

と告げた。

その表情があまりに魅力的だったので、光凜は不覚にもときめいてしまう。

――な、なんだこれ⁉　男相手にどうして俺、こんなドキドキしちゃってるんだ⁉

生まれて初めての感情に、戸惑いを隠せない。

が、表面上は努めて冷静を装い、答える。

「……恋うんぬんは置いておいて、そしたら、とりあえずロードバイクはお借りするということで。それなら乗らせていただきたいです」

「わかった。ヒカリの好きにしてくれ」

光凜の精一杯の譲歩を、アイザックは鷹揚に受け止めてくれた。

◇　◇　◇

そんなわけで、いったんは大人しくホテルのスイートルームに滞在することにした光凜だったが。

案の定、初日から既に暇過ぎてウズウズしてくる。

大体、アイザックは政府高官との会食や、日本滞在中にこなさなければならない公務でスケジュールはぎっしりなので、会えるのは早めの朝食か遅めの夕食くらいらしい。

なのになぜ、日がな一日ここで待機せねばならないのか、と光凜は理不尽さを嚙みしめる。

就職につられ、時間稼ぎの役割を引き受けてしまったが、果たして本当にこれでよかったのだろうか？

「あ〜〜退屈だな〜〜」

ふかふかの最高級ベッドに大の字になり、光凜は意味もなくゴロゴロと左右に回転して暇を潰す。

本来なら就職活動や試験勉強をしなければならない時期に、こんなことをしていていいのかという焦りもある。

早瀬はああ言っていたものの、真に受けて本当に大丈夫なのだろうかと一抹の不安も感じる。

だが、既に乗りかかった船なので、このままやり遂げるしかないだろう。

とはいえ、生来働き者の光凜にとって、なにもしないでいる時間というのは苦痛以外のなにものでもなかった。

そこでふと、少しだけならデリバリーのバイトをしても問題ないのでは？　と気づく。

なにより、『借りている』最高級ロードバイクの乗り心地が知りたくてたまらない。

どうせアイザックは夜まで戻らないのだから、短時間走ってくるくらいならバレないだろう。

楽観的にそう考えると、光凜はさっそく自前のサイクルウェアに着替える。

誰かに見られた時のことを考え、一応メイクはしたものの、ロードバイクに乗る時は、女性の格好をしなくていいのも楽だった。

こっそりロードバイクを引いて、ホテルの部屋を抜け出す。

さすが最高級品だけあって、本体も羽根のように軽い。

外で検索すると、さっそく近くでデリバリーの依頼があったので、光凜は嬉々としてペダルを漕ぎ出した。

――わ～、高いのとそうじゃないのって、こんなに乗り心地違うんだ。これ知っちゃったら今までの安いのに戻るのつらいかも。

と、贅沢を憶えさせてくるアイザックをちょっぴり恨んでしまう。

何件か依頼をこなし、バレないうちにそろそろホテルへ戻ろうかな、と考えながら道路を流していると、ふと隣の車線に音もなく車が並び、光凜の速度に合わせて併走してくる。

——え？

見ると、それは恐ろしいことに見覚えのある例の高級外車だったので、全身の血の気が一気に引いた。

ハンドルを握ったまま硬直していると、車の後部座席の窓が開き、アイザックがにこやかに手を振ってくる。

「やぁ、ヒカリ」

「殿下⁉　ど、どうしてここに⁉」

「なに、我が許嫁の働いている姿が見たくてな」

「いやいや！　だからどうして私の走ってる場所がわかったのかって聞いてるんですけど⁉」

力の限り突っ込みを入れると、アイザックは平素のとびきりの笑顔を見せた。

「まぁ、細かいことはいいではないか」

——こんの～！　その無敵のプリンススマイルで、なんでも許されると思ったら大間違いだぞ⁉

都内の監視カメラ映像から捜し出したのか、はたまた荷物のどこかにＧＰＳでも仕込まれたか。

いったいどんな手を使ったのか、想像するだに恐ろしい。

と、そこで胸のネックレスのことを思い出し、はっと気づく。

――もしかして、このネックレスにGPS仕込まれてるんじゃ……!?

「おい、見ろよ。すげぇ外車だな」

信号待ちに引っかかり、ふと気づくと歩道にいた通行人達に注目され、光凜は観念した。

「……ホテルに戻ります」

「バイトはもうよいのか?」

まったく悪気なくそう尋ねてくるアイザックを、光凜はエイリアンでも眺めるような眼差しで見つめるしかなかった。


「いい加減に機嫌を直してくれないか」

ホテルへ戻ると、さっそくアイザックの滞在するスイートルームに連れ込まれた光凜は、あからさまに不機嫌全開でツンと顎を逸らす。

ちょうどいい機会なので、ここはなるべくワガママに振る舞って『アイザックに嫌われよう作戦』続行だ。

「プリンスに併走されて、バイトなんか続けられるわけないでしょ。営業妨害ですっ」

「それはすまないことをした。悪気はなかったのだ。許してくれ」

むっとされるかと思いきや、アイザックがしゅんとしてしまったので、少し驚く。

どうやら、本気で反省しているようだ。

「初めて出会った時、自転車に乗っているヒカリは輝いていた。幼子を救った姿はとても凛々しく、そして美しかった。あの姿を、もう一度見たいと思ってしまったのだ」

真摯に告げられ、そんないいもんじゃないのになぁ、と内心引け目を感じてしまう。

「はぁ……もういいです。それより私にGPSかなにかつけてますよね？　それ外してくださ い」

「そろそろ夕食にしようではないか。腹が空いただろう？　今夜はヒカリのために特別ディナーを用意させたぞ」

「……どうあっても外す気ないんですね」

もうこのネックレスは部屋に置きっぱなしにしようと、ひそかに考える光凛だ。

アイザックは要人扱いのため、セキュリティの都合上、レストランへ行くことが難しいので、ホテルで食事を摂る際、大抵はここにルームサービスで運んでもらっているようだ。

ダイニングルームへ移動すると、テーブルの上には既に銀のカトラリーがずらりと並んでいた。

ルームサービスでも、前菜から一品ずつウェイターが恭しく給仕してくれる。

五つ星イタリアンの料理など口にするのはもちろん初めてで、光凜はそのおいしさに恍惚としてしまう。

――はわ～おいしい～！　こんな柔らかい牛肉、食べたことないよ～！

いったいコースでいくらするのだろうか、とつい値段が気になってしまう、超庶民な光凜だ。

「ヒカリはとてもおいしそうに食べるな。表情がくるくる変化して、見ていて飽きない」

アイザックはそんな光凜を肴に、優雅にワイングラスを傾けている。

やべ、女子にしてはがっつき過ぎてしまったかな、と反省し、光凜は居住まいを正す。

ちらりと見ると、デザートを出した給仕のウェイターも下がり、室内に控えているのはテオだけだ。

「あの、少し二人だけでお話ししたいんですけど」

思い切ってそう切り出すと、アイザックがテオへと視線をやり、テオはそれを受けて渋々退室していった。

「さぁ、いいぞ。私への愛の告白なら、何昼夜にわたってても聞こう」

「……相変わらず、モンスターポジティヴですね」

「うむ、未来の我が花嫁に、ようやく巡り会えたのだ。浮かれもするだろう？」

優雅に微笑まれ、またドキリとさせられてしまう。

「……と、とにかく！　最初に言った通り、今は結婚する意志はありません。私はいいとこのお嬢さんでもないし、ガサツだし気が強いし、性格悪いし……えっとそれから……とにかく！王家に嫁入りなんて到底向いてないキャラなんですっ」

と、立て板に水のごとく自分のデメリットを並べ立てたのだが。

「日本の女性は謙虚だというのは、本当なのだな。そう自分を卑下することはない。ヒカリは私にとって最高に魅力的だぞ」

「だ～か～ら～！　人の話聞いてくださいってば！」

「うむ、まぁこれからよくお互いを知り合っていけばいいではないか。私もなるべくヒカリと過ごせる時間を作るから」

これだけはっきり拒否しても、まるで意に介す様子がないアイザックは、そう優雅に微笑んだのだった。

翌朝。

「おはよう、ヒカリ。今日もとても綺麗だぞ。まるで朝露に濡れる白薔薇《しろばら》のようだ」

朝食の席に向かうと、さっそくアイザックが出迎えてくれて、恭しく手の甲にキスされる。

昨晩の件で気を利かせたのか、テオも食事の際はウェイターの給仕が終わると二人きりにしてくれた。

「……おはようございます。朝っぱらから背中がかゆくなるようなセリフ、やめてもらえます？」

いくらツンケンしてみせても、暖簾《のれん》に腕押し、糠《ぬか》に釘《くぎ》のアイザックに、光凜はかなりうんざりする。

「実際、ヒカリは美しいのだからしかたがない。目の前に美しく咲き誇る花があれば、愛でて賞賛したくなるのが人の性というものだ」

と、つれなくされてもアイザックは平然としたものだ。

これくらい打たれ強くなければ、王族は務まらないのだろうか、などと光凜は失礼なことを考える。

「今日は午前中少し時間が取れた。買い物に付き合ってくれないか？」

「買い物？　どうせ暇なんで、別にいいですけど」

わざと『あなたのせいでバイトができないんですからね』という意味で強調するが、アイザックは嬉しそうだ。

妹のアイラへの土産選びかと思い、ついていった光凜だったが、早瀬もそれに同行し、車で連れていかれた先は、銀座にある一流ブランドショップだった。

「え、ここですか？」

「そうだ」

アイザックがさっさと店内へ入っていってしまうので、光凜もやむなく後に続く。

すると店内では、既に数名の店員が待ち構えていた。

「ようこそおいでくださいました、アイザック殿下」

店長らしき男性のかけ声と共に、一同恭しく礼をする。

挨拶を済ませた後、アイザックと共に豪華なソファーを勧められ、そこに腰を下ろすとすかさずシャンパンとショコラが出された。

――よ、洋服買いに来ただけでシャンパンが出てくるの⁉

こんな高級店に足を踏み入れたことすらない光凜は、どうでもいいことにカルチャーショックを受ける。

すると、そこへ女性店員が、何着もの華やかなイブニングドレスがかかったキャスターを運んできた。

一着ずつ見せると、アイザックがその中から数着選び出し、「ヒカリはどれがいい？」と尋ねる。

「アイラさんにはちょっと、大人っぽ過ぎるんじゃないですか？」

正直に思ったことを答えると、なぜかアイザックに笑われてしまった。

「そうではない、これはヒカリのドレスだ」

「え、私の？　こういうドレス、着る機会なんてないので必要ないです」

慌てて断ると、ソファーの後ろからそっと早瀬が耳打ちしてくる。

「本日、殿下のために迎賓館《げいひんかん》で政府筋の晩餐会《ばんさんかい》が開催される予定で、殿下は光凜さんを同伴したいとのご希望でして」

「……また大事なことを黙ってましたね？　早瀬さんっ」

まったく聞いていなかった展開に、光凜は首を横に振る。

「だって言ったら、また光凜さん勝手に断っちゃうじゃないですか～。例の女性が見つかるまでは、殿下の気を引いておいてくれないと困るって言ってるのに」

「そ、それはすみません……けど、晩餐会なんて無理ですよっ、マナーとかぜんぜん知らないのに！」

もちろん拒否したが、すると早瀬はおもむろに咳払いし、ぽつりと一言、「就職」と呟く。

「うっ……！」

「頼みますよ～光凜さん。ただニコニコして、殿下と一緒にいてくれるだけでいいんで！」

ここで拒めば、目の前にぶら下がっている外務省入省が無に帰す。

光凜の内で葛藤が生まれたが、毒を食らわば皿までか、と開き直り、アイザックの許へ戻った。

「……せめて、露出の少ないドレスにしてください」

光凜がそう懇願すると、アイザックは思案する。

「ふむ、確かに私もまだ見ていないヒカリの柔肌を、ほかの人間の目に触れさせるのも癪《しゃく》だからな」

理由に今一つ引っかかるが、この際なんでもいいので、アイザックの気が変わらないうちにと、極力デコルテを露出しないタイプのドレスを数着見繕ってもらった。

店員が着替えを手伝うというのを丁重に断り、光凜は一人試着室で奮戦する。

——まったく、なんだって俺がこんなことしなきゃならないんだ……!?

すべては、外務省入省のためである。

自業自得なので、誰にもこの憤りをぶつけられず、光凜はやむなく一着目に袖を通した。

「着ました……けど」

おずおず試着室から出ると、すかさず店員がドレスに合わせたハイヒールにブランドバッグを差し出してくるので、渋々それも身につける。

ソファーのアイザックの前に立つと、彼は満足げに頷いた。

「うむ、とてもよく似合っている。回って見せてくれ」

「こ、こうですか?」

ぎこちない足取りでゆっくり一周すると、「もう一周」と言われる。

——くそ～俺はコマじゃないんだぞ!?

見世物にされた気分でいると、「では次はこれだ」とアイザックが言い、店員が違うドレスを差し出す。

「え、まだ着るんですか？」

「当然だ。ヒカリに一番似合うドレスを選ぶのだからな。ここにあるもの、ぜんぶ着て見せてくれ」

と、アイザックはにこやかにキャスターにかかっている十数着のドレスを指し示す。

――カンベンしてくれよ、もう！

一刻も早くこの苦行を終わらせたくて、光凜は超特急で着替え、アイザックの前に立ち、何周か回る作業を延々と繰り返す。

「うむ、私は七番目のものが一番似合うと思うのだが、ヒカリはどう思う？」

「……じゃ、それでいいです」

慣れない作業にすっかり疲れ果て、投げやりに答える。

アイザックが気に入ったのは、ピンクのシフォンドレスで、オーガンジーとフリルをふんだんにあしらった可愛らしいデザインだった。

これなら体型も誤魔化しやすいし、首にチョーカーがついているので喉仏も隠せそうだ。

やっと終わった、と安堵していると、アイザックが店員に告げる。

「しかし、どれも似合っていて甲乙つけ難かった。今夜はこれにするが、試着したものはすべてもらおう」

「ありがとうございます」

それを聞き、光凜は仰天する。

「ほ、本気ですか？　いりません！　庶民は普段ドレスを着る機会なんか、そうそうないんですよ⁉」

「我が国に嫁げば、晩餐会や公務で着用する機会も多い。いずれ必要になるものだ」

その返答に、光凜はむっとする。

あれだけ結婚する意志はないと宣言しているのに、アイザックがまったく意に介していないことに腹を立てたのだ。

「とにかく、この一着しかいりません。ぜんぶ買うって言うなら、晩餐会にも一緒に行きません」

きっぱりそう宣言すると、にこやかに彼らのやりとりを聞いていた店員達が、その不穏な空気におろおろと狼狽し出す。

「ひ、光凜さ〜ん！」

早瀬が悲鳴を上げ、後ろに控えていたテオも、光凜を窘めようとしてか、一歩前に進み出たが、そこで朗らかなアイザックの笑い声が店内に響いた。

「聞いたか？　テオ。我が許嫁は、みごとな倹約の心を持っている。実に我が伴侶にふさわしいではないか」

「……は」

同意を求められ、テオは渋々身を引く。

「本当に、素晴らしい婚約者様でらっしゃいますね。お似合いのお二人です」

店員はそう取りなしたが、テオの方は『殿下に人前で恥を掻かせるとは、万死に値する』とでも言いたげな、苦虫を噛み潰したような表情だ。

「よし、ではここはヒカリの希望通り、この一着だけにするとしよう。だが、アクセサリーと靴とバッグは一緒に」

「はい、かしこまりました」

テオが支払いを済ませている間、気になってちらりとドレスの値札を見ると、なんと試着したドレスはどれも一着五十万近くしていたのでびっくりする。

「嘘っ、こんなペラペラの布なのに五十万もするの⁉」

思わず声を上げてしまうとテオにじろりと睨まれ、光凜は思わず首を竦めた。

こうしてようやく買い物が終わり、ほっとしてホテルへ戻ると、アイザックは公務で出かけてしまったが、光凜には早瀬がつき、ホテルのエステティックサロンへと連れていかれた。

「エステ？　いいですよ、どうせ付け焼き刃で磨いたって、大して変わらないんだから」

「そうはいきません。お願いですから、晩餐会で殿下に恥を掻かせないでくださいねっ、とにかく、ニコニコして黙って立っていてくれれば、それでいいんですから」

と、さきほどのやりとりを聞いていた早瀬に、何度も釘を刺されてしまう。

身体に触れられると男だとバレてしまうので、フェイシャルとハンドエステだけにしてもらえたので助かった。

とはいえ、生まれて初めてのエステでピカピカのお肌になり、部屋へ戻ると、光凛はずっと聞きたかったことを切り出す。

「それより、あの女性は見つかったんですか？　その後どうなってるんです？」

「はぁ。なんとか秘密裏に現場近くの防犯カメラ映像は入手できました。これが該当する女性ですよね？」

と、早瀬はスマホに保存してあった画像データを光凛に見せる。

それは確かに、事故現場で光凛に声をかけてくれた女性だった。

「あ、この人です！」

「ですが、角度が悪くて、ほとんど顔が写っていないんですよ。せいぜい、白のブラウスに紺のスカートにハンドバッグくらいしか情報がなくて。身許を特定するには、時間がかかりそうです」

「そんな～。一刻も早く見つけてくださいよ。女装生活のストレス、ハンパないんですよ～」

「わかってます、わかってますから」

と、早瀬に宥めすかされ、やがてやってきたマナー講師から短時間で指示を受け、その後はメイクアップアーティストに晩餐会用メイクを施される。

「まぁまぁ、ほら光凜さんの未来には、素晴らしい就職先が待ってるじゃないですか」

「……早瀬さん、毎度それ言えばどうにかなると思ってますよね」

とはいえ、外務省入省に目が眩み、引き受けてしまったのは確かに自業自得なので、光凜は観念してまな板の上の鯉になる。

髪を綺麗に結い上げられ、夜会用の少し濃いメイクを施されて、買ってもらったドレスをまとう。

メイクアップアーティストの力で、光凜は美しい貴婦人へと変身させられた。

午後六時。

公務から戻り、入室するなり大仰に喜ぶアイザックは、燕尾服姿だ。

「おお、思った通り美しい！　とてもよく似合っているぞ、ヒカリ」

本日は宮中晩餐会なので、ドレスコードは男性がホワイトタイで女性がロングイヴニングドレスだった。

こういう衣装を着ると、アイザックの鍛えられた胸板は厚く、驚くほど足が長く、かつ腰の位置が高いのがよくわかる。

惚れ惚れするほど見栄えのよいスタイルと、堂々たる王者の風格に、光凜はまたどぎまぎさせられてしまう。

——ひゃ～、格好いいなぁ。まるでハリウッドスターみたいだ。

「ん？　どうした？」

「……なんでもないです」

思ったことを伝えて、アイザックがいい気になると困るので、そう誤魔化す。

こうして準備が整い、光凜とアイザックはホテルを出て車に乗り込んだ。

「殿下、到着しました」

「では、行こうか」

車が迎賓館に到着すると、アイザックが先に車を降り、恭しく右手を差し出してくる。

マナー講師に付け焼き刃で叩き込まれたが、アイザックに完璧にエスコートされなければ、と光凜は緊張でごくりと生唾を飲んだ。

迎賓館の前には、次々と高級外車が停まり、正装した招待客達が到着する。

世俗に疎い光凜でさえ顔を知っている大臣や政治家、それに有名芸能人などばかりだったので、今さらながら自分の場違い感に逃げ出したくなってきた。

なにかヘマをやらかさないだろうか、と顔色が悪い光凜に気づき、隣のアイザックが声をかけてくる。

「大丈夫か？」

「大丈夫……じゃないです。マナーだってぜんぜん知らないしっ、やっぱ無理……っ」

「落ち着け、ヒカリ。私の目を見ろ」

両肩に手を置き、アイザックがじっと光凜の瞳を見つめてくる。

言われるままに、アイザックの鮮やかな碧玉《へきぎょく》の瞳を見つめると、その虹彩《こうさい》の美しさに吸い込まれてしまいそうな気分になった。

「今日は、急に私の我《わ》が儘《まま》に付き合わせて悪かった。だが、ずっとそばにいて守ると約束する。安心してついてきてほしい」

「殿下……」

「さぁ、行こう」

差し出された肘に、光凜はおずおずと手袋をつけた手で触れる。

アイザックが光凜を伴い、会場へ入ると、招待客達から一斉に歓迎の拍手が送られた。

「まぁ、お綺麗なお嬢さまですこと！」

「花嫁選びは首尾よくいかれたようですね。おめでとうございます」

「お相手の方はどちらのご出身ですの？　ご両親はなにをしてらっしゃるのかしら」

と、英語で話しかけてくる興味津々の招待客達に取り囲まれ、光凜はなんとか笑顔を取り繕うのに必死だ。

――ど、どうしよう⁉　身許を調べられたら、男だってバレちゃうから本当のことなんか言えるわけないし……。

かといって、デタラメを言うのも気が引けると困っていると。

「皆様、私の同伴者への質問は、どうぞお手柔らかに」

つと、アイザックがさりげなく光凜を庇うように割って入ってきた。

「なにしろまだ、運命の出会いを果たしたばかりで、これから腕によりをかけて口説き落とそうとしている最中ですので」

アイザックが片目を瞑ってみせると、周囲の女性達がどっと沸く。

「まぁ、殿下ったら」

「殿下からの求婚を拒む女性なんて、おりませんわ。ほほほ」

アイザックのウィットに富んだ切り返しに、婦人達は盛り上がり、一瞬にして周囲の注目が光凜から彼へと移った。

——た、助かった……。

簡単な日本語と英語を交え、にこやかに高官達と歓談するその姿は堂々としたもので、さすがは一国の王族だと感心させられる。

晩餐会の間、アイザックは片時も光凜のそばを離れず、完璧なエスコートをしてくれた。

「はぁ〜〜〜疲れた」

ようやく晩餐会が終わり、車に戻ると、ほっとする。

「殿下は、ああいうとこ疲れないんですか？」

「私達王族は、注目されるのが常だからな。疲れたり不機嫌だったりと、自分の感情を露わにしてはならないと、幼い頃から躾けられてきた」

「そうなんだ。大変なんですね」

——なんか、王族って贅沢な暮らしをして暢気なイメージあったけど、やっぱりいろいろあるんだな。

常に人目に晒され、いついかなる時も品行方正でなければならないなど、当然、王族ならではのさまざまな苦労もあるのだろう。

「今夜は皆にヒカリを褒めてもらって、私は嬉しかった」

と、隣に同乗したアイザックは本当に嬉しそうだ。

自分のことではなく、俺のことを褒められて嬉しいなんて……と光凜は複雑な気分になる。

共に過ごす時間が少しずつ長くなっていけば、いやでも大体の人となりはわかってくる。

アイザックは心根が優しく、他者への思いやりがある。

正直、人間として尊敬できるとひそかに評価していた。

こんな出会いでなければ、友達になりたかったなと考え、いや、どの道まったく生きる世界の違う人だったと思い直す。

あんな奇妙な偶然さえなければ、恐らく永遠に出会うことすらなかっただろう。

それを考えると、今こうして二人でいるのが不思議だった。

ホテルに戻ると、アイザックはなぜか自室の人払いをし、光凜に寄っていくように言った。

「なんですか？　ヘンなことするつもりなら……」

「なにもしない。少し私の夢を叶えてほしいだけだ」

部屋で二人きりになるのを尻込みする光凜を強引に連れ込むと、アイザックはなぜかオーディオのスイッチを入れた。

流れてきたのは、ワルツだ。

そして彼は恭しくお辞儀をして言った。

「一曲踊っていただけますか？」

「え？　む、無理です！　私ダンスとか踊ったこともないし」

「大丈夫、私がリードする。音楽に合わせて身体を揺らすだけでいい」

「でも……」

ためらっているうちに、アイザックはさっさと光凜の手を取り、腰に腕を回してホールドの姿勢に入ってしまう。

「運命の相手を見つけたら、その人と踊るのが夢だった」

そんな風にしみじみ言われてしまえば、拒絶しにくくなってしまうではないか。

「……しょうがないな。少しだけですからね？」

ドレスでお金を使わせてしまったし、これくらいはしかたないかと観念し、彼のリードに任せてぎこちなく足を動かす。

「1、2、3、1、2、3、そうだ、うまいぞ。ヒカリは運動神経がよさそうだから、飲み込みが早い」

「そうですか？　ついていくのがやっとなんですけど……っ」

アイザックは踊り慣れているのか、かなりうまいのがわかる。

まったく踊ったことがない自分を相手にそれなりに形になっているのだから、すごいことだと思った。

「こういうのは、楽しめればそれでいいんだ。二人きりだし、自己流でいこう」

「いいんですか？」

そう言われると気が楽になり、光凛は適当にステップを踏み、いつしかワルツはかなり砕けたダンスになっていた。

「はは、なんだか楽しくなってきました」

息を弾ませ、思わず笑顔で見上げると、アイザックがじっと自分を見つめている。

「ヒカリ……」

「なんですか？」

アイザックの美しい碧玉の瞳に射竦められ、思わずドキリとしてしまう。

今までの人生で、これほどの美貌の持ち主からこんな風に情熱的な眼差しで見つめられた経験がないのでしかたがないだろう、と自分に言い訳する。

「……いや、なんでもない。付き合ってくれて感謝する」

そう言うと、アイザックは光凜をわざわざ部屋の前まで送ってくれた。

「ふぅ……」

ようやく自室で一人になると、窮屈なハイヒールとドレスを脱ぎ捨て、ベッドの上にダイブする。

すべてがまるきり別世界の出来事のようで、まだ夢を見ている気分だ。

――アイザック、ダンス上手だったな……。

晩餐会では緊張が先に立って楽しいとまでは思えなかったが、さきほどの二人きりでのダンスは楽しかった。

あの時、アイザックは自分にキスしようとしていたのだろうか……？

そんなことを考え、思わず頬が熱くなってきて、慌ててそれを頭から振り払う。

――なに考えてんだ、俺。そういうアプローチは、断固として拒否しなきゃ！

勢いよく起き上がり、光凜はシャワーを浴びに行った。

そんなわけで、なんとか無事晩餐会はクリアできたのだが、あと何日こんな生活が続くのだろうかと光凜は不安になる。

「早瀬さん、まだ例の女性は見つからないんですか？」

この質問も、既に何度目かわからないくらい繰り返しているのだが。

「はぁ、こちらも必死で捜してはいるのですが、いかんせん情報が少な過ぎて難航してます」

マメに光凜の様子を見に立ち寄っている早瀬の返事に、光凜はため息をつく。

「そしたらサイアク、殿下が帰国するまでここに缶詰めってことですか？」

慣れないヒールで、踵は靴擦れがひどいし、足が痛い。

こんな靴を毎日履いている女性は、本当にすごいと感心してしまう光凜だ。

一応それを理由にしたが、本当はそれだけではない。

なんだかアイザックの前へ出ると不必要なくらいにドキドキしてしまうので、それも落ち着かなくてつらいのだ。

だが、この分では今しばらくこの生活を続けなければならないようだ。

すると、ややあってテオが光凜の部屋へやってきた。

「ヒカリ様、殿下がお戻りになられました。これからヒカリ様とご一緒に夕食をとおっしゃっておられるのですが、よろしいですか？」

「はぁ……わかりました」

「あ、そしたら僕も殿下にお渡ししたい書類があるので」

と、早瀬もついてくる。

隣のアイザックの部屋へ入ると、やがて私服に着替えていたらしいアイザックが寝室から出てきた。

「あ、お帰りなさい。公務お疲れ様でした」

なにげなく光凜がそう出迎えると、アイザックはなぜか驚いたように目を瞠っている。

「なんです？」

「……いや、好きな相手に出迎えてもらえるというのは、こんなにも嬉しいものなのだなと感動していた」

「な、なに言ってるんですか、もうっ！」

早瀬やテオもいるのに、臆面もなく言ってのけるアイザックに、光凜は耳まで赤くなった。

「僕、お邪魔ですね。それでは、これで失礼させていただきます。殿下、なにかありましたら遠慮なくお申しつけくださいね！　あ、いっけね、躓《つまず》いちゃった。あはは」

書類を渡して無駄に元気に挨拶し、入り口付近にあった傘立てに激突した早瀬は、意気揚々と帰っていった。

それを見送り、食事が用意されているダイニングのテーブルに着くと、アイザックが「ハヤセは『テンネンドジッコ』官僚だな」と妙に的確な感想を述べたので、光凜は思わず吹き出しそうになる。

「どこでそんな単語憶えたんですか?」

「日本のアニメだ。アイラがよく言っている」

「なるほど……」

言い得て妙だと納得していると、控えていたテオがなぜかふっと微笑む。

「私は好きですよ。ミスター・ハヤセはいわゆる『ウザカワイイ』のだと思います」

「……どうして皆、そんな日本語知ってるんです?」

光凜は二人の語彙力に感心してしまう。

「ほぅ、テオはハヤセが好みなのか。ハヤセも大変だな」

と、アイザック。

「……え?」

「テオはゲイだ。そしてとてつもなくモテる」

「ええええっ⁉」

唐突な爆弾発言に、光凜はびっくりする。

「本気になさらないでください、ヒカリ様。とはいえ、私がゲイだというのは本当ですが」

「そうだったんですね……」

給仕を終え、テオは控え室に下がっていったので、二人きりになると光凜はアイザックに問う。

「テオさん、ほんとに早瀬さんのこと狙ってるの……？」

「うむ、あれは相当気に入ってるな。ハヤセがオチるのは時間の問題だろう」

「え、でも早瀬さんは花嫁募集中とか言ってたから、ゲイじゃないと思うんだけどなぁ」

「ああ見えて、テオは魔性の男なのだ」

「マジですか……」

ダイニングでの食事が終わると、ホテルスタッフ達が片付け始めたので二人はリビングへと移動する。

食後のコーヒーを淹れてもらい、ありがたくそれを飲むと光凜は「それじゃ、私はそろそろ部屋に戻りますね」と立ち上がりかけた。

すると、向かいのソファーに座っていたアイザックがなぜか手招きし、不思議に思いながら近づくと隣に座るよう促される。

「なんです？」

不思議に思って聞くと、アイザックは妙に芝居がかった仕草で眉間に皺《しわ》を寄せ、そこを指で揉み始めた。

「いや、今日はとても疲れた。ここでヒカリが『ヒザマクラ』をしてくれたら、元気になれると思うのだが」

今のは『お疲れ』アピールだったのか、と光凜は半眼状態になる。

「……膝枕なんか、よく知ってますね」

「日本には、古来よりある習慣なのだろう？　ぜひ一度体験してみたかった」

「そんな、遊園地のアトラクションじゃないんだから」

突っ込みを入れたものの、アイザックにワクワクと期待に満ちた眼差しで見つめられ、いやとは言い出せない雰囲気だ。

――ま、いっか。膝枕くらい。

いろいろ高価なものをもらってしまっていることだし、そのお礼代わりだと自分に言い聞かせる。

「……ちょっとだけですからね？」

「本当か⁉」

光凜がソファーの隅に座り、ポンポンと膝を叩くと、アイザックは嬉々としてそこに頭を乗せ、仰向けになった。

「ふむ……いい寝心地だ。このまま永遠にこうしていたい」

「お試しなんで、三分までです～」

「なら、思う存分満喫せねばならんな」

と、アイザックは下からじっと光凛の顔を見上げてくる。

「ここからだと、ヒカリの顔がよく見える」

「あ、あんまり見ないでくださいっ」

男だとバレたら大変なので、光凛はとっさにアイザックの目を両手で塞ぐ。

するとアイザックは抗わず、なぜか嬉しそうに微笑んだ。

「なんです？」

「いや、初めてヒカリから私に触れてくれて、嬉しい」

その返事に、またトクン、と鼓動が跳ね上がってしまう。

計算して言っているわけではなく、ナチュラルにときめきワードを繰り出してくるアイザックに、光凛はお手上げだ。

――ホントにもうっ！　この人ってば、吐くセリフがすべて胸きゅん仕様だよ！

なんだかドキドキしてしまって、落ち着かない。

すると、光凛の手の上に、アイザックが目を隠されたままそっと手を重ねてくる。

「不思議だ……ヒカリといると、自然体でいられる。運命の相手とは、こんなにも共にいることが違和感なく馴染むものなんだな」

「……だから、私は違うって言ってるじゃないですかっ。なにかの間違いなんです！　たまにはご神託だって間違うこともあるでしょう？」

「いきなり海外に移住するのは、なかなか勇気のいることだろう。だが、ヒカリのことは私が全力で守ると約束する。だから、安心して我が国に来てほしい」

「……殿下、相変わらず人の話をぜんぜん聞いてませんね」

なにを言ってもアイザックには通じないので、光凛はため息をつく。

アイザックに手を握られてしまったので、離したいが、そうするとアイザックが見えるようになってしまうのでそれもできない。

悩んだ末、結局光凛は彼に手を握られたままでいるしかなかった。

「早く、私のことを好きになれ。大切にする」

「……殿下」

「もうそろそろ、二人きりの時は名で呼んでくれてもいいのではないか？」

「……とても畏れ多くて。タイホされちゃいません？」

「ふむ、ヒカリをほかの男の目に触れぬよう、私だけの牢獄に閉じ込めておきたいのは山々なのだがな」

「それ、殿下の立場で言うと、シャレにならないですよ？」

また、つい殿下と言ってしまうと、アイザックに「名前」と突っ込まれたので、「いや、でも呼び捨てっていうのも……」と往生際悪くごねる。

「私だってヒカリと呼んでいる。さぁ、遠慮はいらない」

「……じゃ……アイザック」

恐る恐る呼ぶと、アイザックは本当に嬉しそうににっこりした。

「嬉しいぞ、ヒカリ。キスしていいか？」

「は？　いきなり、なんですか？　ダメに決まってるじゃないですか」

「なぜだ？」

「なぜって……そんな、当然の要求を拒まれて理不尽だ、みたいな顔されても……私はアイザックの運命の人じゃないからですっ」

光凜としては、そう繰り返すしかない。

「そうか、ではまた日を改めて申し入れよう」

「いやいや、スポーツの再戦じゃないんだから。日を置いたってダメなものはダメですよ？」

「今はまだ、ヒカリが自分の気持ちに気づいていないだけかもしれないではないか」

「……あいかわらず、めっちゃポジティヴですね。見習いたいです」

――わ～どうしよう！　生まれて初めてキスしていいかって言われちゃったよ。

今までバイト三昧で、合コンや彼女を作る暇すらなかった光凜にとって、それは初めての衝撃体験だった。

もっとも、女装していて、相手が男性というところは複雑な心境なのだが。

——早瀬さんのこと天然っていうけど、アイザックだって相当だと思うよ……。
天然にフェロモンをまき散らすアイザックに、光凜は内心お手上げな気分だった。

◇　◇　◇

「ヒカリ、今日はアキハバラに付き合ってくれないか」

その日の朝、いきなりアイザックがそんなことを言い出す。

「秋葉原《あきはばら》？」

「うむ、アイラが日本のゲームが大好きでな。土産を選びたいのだ」

どうやら今日は午後からそのためにスケジュールを空けておいてあったらしい。

そう殊勝に頼まれれば、断りにくい。

どうせバイトはできないし、一日中暇な光凛に否やといえるはずもない。

「わかりました、お供します」

そんなわけで話はまとまり、アイザックは先日のようにお忍びの変装をし、車で秋葉原駅の近くまで向かった。

「ここからは徒歩で行く。ヒカリと二人にしてくれ」

「なりません、ガードはお連れいただかないと」

「では、少し離れていてほしい」

アイザックが頑として聞かないので、テオは渋々距離を空けてSP二人とついてくる。

大勢の人々で賑わう繁華街を光凛と歩きながら、アイザックはご機嫌だ。

「なにかお勧めのアニメやゲームはないか？　ヒカリの好きな作品を教えてほしい」

「う〜ん、私もあんまり詳しくはないんだけど、アイラちゃんは中学生なんですよね？　そしたら、これとかどうかな？　日本ではすごくヒットした作品です」

記憶を探り、最近評判になったアニメとゲームのタイトルを挙げる。

うっかり自分の趣味で、剣と魔法の冒険ファンタジー作品が多くなってしまったので、「ヒカリはアドベンチャー物が好きなのだな」と指摘され、ヒヤリとした。

「そ、そうなんですよ。私、女らしくないから。あはは」

笑って誤魔化すが。

「そんなことはない。が、私はヒカリが男性でも女性でもかまわない。男性らしい、女性らしいというより、ヒカリらしいのが好きだ」

間近でそう微笑まれ、ドクンと鼓動が跳ね上がる。

まったくどうしてこう、この人はナチュラルに次から次へと殺し文句が口から出てくるのだろう？

自分ばかりドギマギさせられてしまい、少し悔しい。

アイザックは、恐らくアイラに頼まれたらしいメモを片手にあれこれアニメの限定ボックスやゲームソフトを探し、光凛もそれを手伝って会計を済ませ、店を出た。

「ヒカリのおかげでアイラによい土産が見つかった。礼を言う」

「どういたしまして」

そぞろ歩く自分達の背後から、テオ達もついてくるのが気になるが、秋葉原は外国人観光客が多く、それほど目立っていないのだけが幸いだった。

「ところで、ほかにも寄りたいところがあるのだが」

「どこ?」

光凛の問いに、アイザックがスマホを差し出す。

その画面には、なんとメイドカフェのホームページが映し出されていた。

「メイドカフェ?」

「ヒカリは行ったことがあるか?」

「な、ないです……」

「アイラが、このメイドさんの写真を撮ってきてほしいというのだ。わかるか?」

「あ、はい。そしたら、案内しますね」

地図を見るとすぐ近くだったので、歩いて店へ向かう。

どうやらアイザックの妹は、猫耳メイドがお気に入りのようだ。

とはいえ、光凜もメイドカフェは初体験なので、少し緊張してしまう。

「お帰りなさいませ、ご主人様♡」

満を持して入店すると、猫耳カチューシャをつけた可愛らしいメイド達が出迎えてくれた。

へどもどしているうちに、テキパキと席へ案内され、ようやくほっとする。

「すごいな。本当に『ネコミミメイドさん』がたくさんいるのだな」

と、アイザックは興味深そうに店内を見回している。

ちなみに、あまりに場違い&強面なので、テオと黒服のＳＰはアイザックが買った荷物を抱え、外で待機してもらうことになった。

光凜はクリームソーダを、アイザックはコーヒーをオーダーする。

そういえば、こうして二人で外のカフェに入るのは初めてだ。

差し向かいで座っているとなんとなく間が持てなくて、光凜は話題を探す。

「どうした？　ヒカリ。なんだか落ち着かない様子だな」

「そ、そんなことないですよ。あ、ほらメイドさんに写真お願いしましょう」

と、アイザックのためにメイドとのオプションの記念撮影を頼んでやる。

それも済み、ドリンクで一息ついたので、光凜は「そろそろ出ますか？」と聞いた。

すると、窓の外で待機しているテオ達を眺めていたアイザックが、ぽつりと呟く。

「ふむ……コブつきでは、どうもヒカリとのデートを楽しめないな」

「え……？」

「テオ達を撒《ま》いて、二人きりで歩きたい。行こう」

「ええっ⁉　ちょ、ちょっと⁉」

アイザックは支払いを済ませると、メイドの子に店の裏口から出させてほしいと頼む。

すると、アイザックの美貌にぽぅっとなったその子は二つ返事で了承してくれた。

こうして裏口から、テオ達に気づかれずに無事店を脱出すると、アイザックは光凛の手を引いて走り出す。

「ほ、ほんとにいいんですか？　こんなことしちゃって」

「今、連絡しておいた」

一時間したら戻るので自由にさせてくれとメールし、アイザックはスマホの電源を落としてしまった。

どうやら電源を入れておくと、ＧＰＳで居場所を把握されてしまうらしい。

「私についてるＧＰＳは大丈夫なんですか？」

「今日は私が一緒だから、ヒカリにはついていなくても問題ない」

「ついに、私につけてるって認めましたね？　やっぱりあのネックレスですよね⁉　部屋に置いてきましたけど！」

「さて、次はどこへ行く？」

「んもう！　またそうやって誤魔化すんだから！」

アイザックがさっさと行ってしまうので、光凛も急いで追いかける。

が、平日だというのに歩道はかなり混み合っていて、しばしば引き離されそうになってしまう。

すると、アイザックがつと左手を伸ばしてきた。

「さぁ、人混みではぐれてしまう」

「……」

「ヒカリは固いな。手を繋ぐぐらい、幼い子どもでもしているぞ？」

「ちっちゃい子と一緒にしないでください！」

そう突っ込みを入れつつも、おずおずと右手を差し出す。

アイザックはごく自然な所作で光凛と手を繋ぎ、なにごともなかったかのように歩き始めた。

——な、なんかめっちゃドキドキしてきた……っ。

途中、タピオカミルクティーの店があったので、「今、日本で流行ってるんですよ。若い女性に人気らしいです」と教えてやると、アイザックが飲んでみたいと言うので行列に並んでみた。

並んでいるのは若い女性ばかりだったので、皆がアイザックの美貌に注目し始め、光凛は正体がバレるのではと気が気ではない。

幸い、誰かに声をかけられる前に順番が来て、ドリンクを二つ買い、歩きながらそれを飲んだ。

かなり太いストローで、ミルクティーの底に沈んでいるタピオカを吸い上げるのだが、咽《む》せ

5F

ないように慎重に飲んでみる。

「ふむ、プルプルとした食感が面白い。飲み方にコツがいるが、うまいな」

「ほんとですね。私も初めて飲みました。おいしい！」

なにげなく言ってしまってから、女子っぽくなかったかなと気づき、こっそりアイザックの様子を窺ったが、幸い彼は特に不審には思わなかったようだ。

「ああ、一異邦人として、ただそぞろ歩くというのは楽しいものだ。国では一応顔が知られているから、なかなか難しくてな」

「そっか……そうですよね」

王族として、常に人目に晒される生活は光凜には想像もできなかったが、はしゃぐアイザックの気持ちはなんとなく理解できた。

縁もゆかりもない異国で、束の間与えられた自由を満喫している彼に、光凜はほんの少し同情する。

「あの、立ち入ったことを聞きますけど……」

「なんだ？」

「アイザックは今まで恋人いたことあるんでしょ？　どうしてその人と結婚しなかったんです？」

二人は歩きながら、話し続ける。

「むろん、交際した女性はいたが、我が国の民は、皆ご神託での婚姻のことをよく知っているからな。向こうから別れを切り出されてしまうのだ」

「そんなの、おかしいじゃないですか」

「ヒカリ、それぞれ国が違えば風習や文化も違う。ある国では非常識なことであっても、別の国にとっては当たり前なことなど山ほどある」

そう言われてしまえばその通りなので反論できず、光凜はぐっと押し黙る。

「でも……っ、やっぱり私、結婚は好きな人としたいです」

「確かに、私達はご神託を介して出会った。だが、私はたとえご神託がなかったとしても、必ずヒカリと出会って恋をしていたという気がするのだ」

と、なぜか妙に自信満々に呟き、アイザックはじっと光凜の瞳を見つめてくる。

「ヒカリは、そうではないのか?」

「……そ、そんなのよくわかりません」

その眼差しに射竦められ、光凜は思わず目を逸らす。

――まったく、この人ってば、天然でこういうセリフ吐けるんだから困るよなぁ。

ホテルで待機している間はあまりに暇なので、こっそりネットで調べたところ、アイザックはインターネット百科事典で詳しく編集されている、世界的な有名人の一人だった。

アルトラニア王国でもトップクラスの進学校出身、海外の名門大学に留学し、ＭＢＡの資格を取得して帰国。

母国語のアルトラニア語と英語、それにスウェーデン語を話せるトリリンガル。

第二王子という立場で、その語学力を生かして各国首脳との外交も積極的にこなし、慈善事業活動や環境問題にも熱心に取り組んでいるらしい。

幼少期から帝王学を学び、百戦錬磨《ひゃくせんれんま》のアイザックにとって、光凜をあしらうことなど朝飯前なのだろう。

感情的になるのは自分ばかりで、常に泰然自若《たいぜんじじゃく》のアイザックが憎らしくなってきて、光凜はツンと顎を逸らしてやった。

「これ以上お話ししても埒《らち》が明かないので、帰りましょう。テオさん達探してきます」

行こうすると、アイザックが繋いでいた手を引いて引き留める。

「怒ったのか？」

「……べつに」

摑まれたアイザックの手が大きくて、その温もりになぜだかドキドキしてしまい、光凜は拗ねたようにうつむく。

「ヒカリの希望を無視するつもりはなかった。どうしたら許してくれる？」

「アイザック……」

「行かないでくれ。今日はヒカリと二人きりでいられる貴重な時間だ。一分一秒でも無駄にしたくない」

いつのまにかアイザックは、光凛の両手を自分の大きな手のひらで包み込み、引き寄せられた光凛は彼に向かい合う格好になる。

「……私は頑固なんで、意見は曲げませんよ？」

「ふむ、困ったな。ヒカリの機嫌を損ねたくはないが、ヒカリが私と結婚したくなるよう口説き落とさねばならないのはなかなかに難題だ。どうしたらいいと思う？」

「それ、本人に聞きます？」

相変わらずの天然っぷりに、光凛はつい笑ってしまう。

「あ〜、もういいです。怒ってないですから。私も……あなたの国の文化を否定するつもりはなかったので、そこはすみませんでした」

と、光凛は素直に謝罪する。

するとアイザックは、ふと微笑んだ。

「ヒカリの、そういう潔いところが好きだ。知れば知るほど、ヒカリのことが好きになる」

「……だから、そういうの困るんで、やめてください」

赤くなった頬を見られまいと顔を背けると、アイザックが追ってくる。

「なぜだ？　なぜ私と結婚できない？　なにかほかに事情があるのか？」

図星を指され、内心ギクリとする。

「それは……そう！　私にはもう付き合ってる恋人がいて、その人と結婚する予定だからですよ」

我ながら、いい言い訳を思いついたと自画自賛するが。

「嘘だな」

アイザックに、あっさり一刀両断されてしまう。

「な、なにを根拠に嘘だと決めつけるんですか⁉」

「ヒカリを見ていれば、わかる。恋人がいるにしては言動が初心過ぎるからな」

「うっ……」

鋭い指摘に、光凛はぐうの音も出なくなる。

――確かに俺は、彼女いない歴＝年齢の非モテだよっ、悪かったな！

口には出せないが、内心でそう愚痴《ぐち》りたくなった。

「なにか理由があるなら、問題は共に解決していこう。ご両親が反対されているのか？」

「……いえ、両親は既に他界しています。実家にいる母方の祖母が、唯一の家族なので」

「そうだったのか。それは寂しかったな」

慈愛の込められた言葉に、ふと自分は寂しかったのだろうかと考える。

上京して以降、とにかく日々バイトに明け暮れ、生活するのに精一杯で、寂しがる余裕すらなかったからかもしれない。

「お祖母様には、いずれご挨拶に伺おう。大切な孫を我が伴侶に迎えるのだから、最大限の礼は尽くそう」

「や、やめてください！　外国から王子様が来たりしたら、祖母ちゃんびっくりして倒れちゃいますよ」

そう、自分の家族をアイザックに会わせるなんて、できるはずがない。

自分は偽物の花嫁候補なのだから。

そう考えると、ツキンと胸が痛む。

と、そこへ人混みを掻き分けるようにして、こちらへ接近してくるテオとＳＰ二人の姿が見えた。

「やれやれ、もう見つかってしまったか。続きは後でホテルに戻ってゆっくりするとしよう」

「もうしません……！　この話はこれで終わりです。いいですね？」

と、光凛はそれ以上追及されてボロが出るのを恐れ、強引に話を打ち切ったのだった。

◇　◇　◇

「失礼します、ヒカリ様」

短いノックの後、テオが入室してくる。

「あ、おはようございます！　テオさん」

夕方、光凜のために女性用の衣服やストッキングなどの消耗品を差し入れに立ち寄っている早瀬がたまたま来ていたので、彼はいつものように脳天気にそう挨拶した。

「ああ、いらしていたんですか、ミスター・ハヤセ。仕事熱心ですね」

「いやぁ、そんな大したことはしてないですよ。あはは」

屈託なく笑う早瀬に、嗜虐《しぎゃく》心をそそられたのかテオの瞳が妖しく光る。

――狙ってる……テオさん、早瀬さんのこと狙ってるよ……っ！

アイザックから聞いている光凜は、まったくそれに気づいていない早瀬の暢気さにハラハラする。

「テ、テオさん、もう殿下が戻られたんですか？」

いつものように食事に誘いに来たのかと思い、話を逸らそうと立ち上がったのだが、彼は用事を思い出したのか、苦虫を噛み潰したような表情になる。

「実は少々、厄介なことになりそうです」

「なにかあったんですか？」

「……本国のミルド宰相が急遽《きゆうきよ》来日すると連絡が入ったのです」

テオの説明によれば、こうだ。

アルトラニア王国宰相、ミルドは本国ではかなり権力を握っていて、いわゆるアルトラニア政府の革新派らしい。

何年も前から、現在の王室のご神託による婚姻を『はなはだ時代錯誤な、悪しきいにしえの習慣』だと非難し続けてきた存在のようだ。

「そのミルド宰相が、娘のマリア様を伴い、本日の午後、日本に到着予定だそうです」

「え……目的は……？」

「むろん、殿下のご神託による婚姻を妨害し、阻止するためでしょう。ミルド宰相は前々から娘のマリア様を殿下の妻にしたくて必死なのです」

「なにそれ、結局自分が権力握りたいだけじゃないですか」

光凜が思わず素直な感想を口にすると、「身も蓋もないですが、まぁ核心を衝いた批評ではありますね」とテオも珍しく同意する。

「ミルド宰相の妻は、アルトラニア王家の血を引く方で、マリア様と殿下はいわゆる遠縁に当たります。幼少の頃からのお付き合いで、気心が知れた関係ではあるのですが」

――そうしたら、アイザックとそのマリアさんって人は幼馴染みってことか。

なら、この状況はアイザックの求婚を受けられない自分にとって、好都合なのではないだろうか？

光凛がそう考えているうちに、テオは「とにかくそういうことですので、こちらも手を打ちますが、ミルド宰相がなにか仕掛けてきても相手にしないでください」と言い置き、慌ただしく退室していった。

「な、なんだかオオゴトになってきましたね」

早瀬が、困惑げにそう漏らす。

「でもさ、そのマリアさんがアイザックと結婚したいなら、それが一番いいんじゃない？　幼馴染みみたいだし」

「そううまくいきますかねぇ」

とはいえ、まだ例の女性も見つからない現在、マリア親子の登場はあらたな火種にはなりそうだった。

「ヒカリ、今日は土産があるぞ」

その後、しばらくしてアイザックが戻ったとテオに呼ばれ、部屋へ入ると、ダイニングテーブルの上にはケーキや洋菓子、それに美しく飾られたカットフルーツなどがずらりと並べられていた。

「どうしたんですか、これ？」

「ハヤセに、名店のスイーツを用意してもらったのだ。ヒカリは甘味が好きなのだろう？」

「はぁ、まぁ好きですけど」

と、光凛はわざと気のないそぶりを見せる。

これは、チャンスだ。

アイザックに冷たくすれば、マリアとの結婚に気持ちが傾くかもしれない。

これが皆にとっていいことなのだと、光凛は自分に言い聞かせた。

「物で釣っても、私の気持ちは変わりません。だから、無駄遣いしないでください」

つらかったが、けんもほろろな対応をすると、テオが「ヒカリ様、その言いようはあんまりでは……」と気色ばむ。

が、それをアイザックが制した。

「節約を常とする清貧な精神は、得がたいものだ。やはりヒカリは、我が伴侶にふさわしいと改めて惚れ直したぞ」

「だから！　私が節約してるのは、単にお金がないからですっ。好きでケチケチしてるわけじゃないんですよ⁉」

「物で釣ろうなどと、そんなことは考えていない。ヒカリがそんな性格ではないことは、よくわかっている。勝手なことをしてすまなかった。だが、もう用意してもらったものを無駄にするのも心苦しい。手伝ってもらえないか？」

「……わかりました、捨てるのはもったいないので」

内心胸は痛んだが、光凛は演技を続け、ツンツンしながらテーブルに着いた。

給仕が皿に取り分けてくれたフルーツは高級店のものらしく、今まで食べたことがないおいしさで、ついがっついてしまってからはっと我に返り、慌ててペースを落とす。

「それより、宰相さんのこと、聞きました。大丈夫なんですか？」

光凛の問いに、向かいの席でワイングラスを傾けていたアイザックは悠然と微笑む。

「私の心配をしてくれるのか？」

「だって……一国の宰相が追いかけてきてまで阻止しようとするなんて、穏やかじゃないですよ」

「ヒカリはなにも案ずることはない。宰相には申し訳ないが、マリアは妹のような存在で、妻にするなど考えたこともないのだ。なにやら意固地になっているようだが、なんとか説得して、理解してもらえるよう努力する。だから心配するな」

その言葉に、光凜はフォークを置く。

「……理解できないです。誰がどう考えたって、外国人の私より同じ国の、しかも王家の血を引く女性と結婚する方が自然じゃないですか」

「ヒカリ……」

二人の間に、やや気まずい空気が漂った時、ちょうどそこへ、廊下へ出ていたテオが戻ってくる。

「殿下、ミルド宰相がご到着されました。殿下にご挨拶したいといらしているのですが」

「あ、それじゃ私は部屋に戻ります」

気を遣い、光凜が立ち上がりかけるが、アイザックに押しとどめられた。

「いや、ヒカリはここにいてくれ」

「え、でも……」

アイザックの了承を得て、テオが扉を開くと、スーツ姿の男性と若い女性が入室してきた。

ミルドは五十代前半くらいで、かなり恰幅のよい体格の持ち主だ。

「いやぁ、長旅で少々腰が痛くなりましたな。ご機嫌いかがですか？　アイザック殿下」

「おかげさまで上々です。突然のプライベートな来日だと伺いましたが、娘さんと日本観光ですか？」

宰相の意図などわかっているくせに、アイザックがそう惚ける。

「いやはや、これは殿下もお人が悪い。私が参上したのは、もちろん殿下のご神託による婚姻の儀を考え直していただくためです。本国でも再三申し上げましたが、聞く耳を持っていただけませんでしたので、やむなく強硬手段に訴えたというわけです。これもすべて、我が国の繁栄と殿下の御為を思っての諫言《かんげん》とお許しください。はっはっは」

太鼓腹を揺すりながら、ミルドが豪快に笑う。

「お久しぶりですわ、アイザック兄様」

鈴を振るような美しい声音でそう言うと、マリアは優雅に一礼する。

年の頃は、二十三、四歳くらいだろうか。

豊かな金髪の巻き毛に、エメラルドグリーンの瞳。

華奢で折れそうな体軀はまるでバレリーナのようにしなやかで、立ち姿が美しい。

華やかな原色のワンピースがとてもよく似合っている。

――うわ……すごい美人だなぁ。

あまりの美形ぶりに、つい見とれてしまう。

アイザックとマリアが並び立つと、まさにお似合いの美形カップルで、それはそれは壮観な眺めだった。

美しい光彩の瞳で、マリアは次におもむろに光凜を見つめる。

マリアの美貌の迫力に呑まれ、光凜はとりあえずぺこりと一礼した。

「残念ながら、私は公務の都合ですぐ帰国せねばならんのですが、娘は置いていきますので、一つよろしくお願いいたしますぞ、殿下」

ミルドは、マリアを置いていけば二人の仲を邪魔させ、結婚を妨害できると考えているようだった。

そして彼は、アイザックの隣に座っていた光凜をじろりと睥睨する。

「で？　こちらのお嬢さんですかな？　ご神託で選ばれたというのは」

「は、初めまして。光凜です」

光凜が慌てて立ち上がり、英語でそう挨拶すると、アイザックが告げる。

「ご神託は無事下りました。私はヒカリを、生涯の伴侶とし……」

――ど、どうしよう？　でもここで結婚しないって言っちゃうと、アイザックの顔を潰すことになっちゃうし……。

「あ、あの！」

悩んだ末、光凜はとっさに割って入る。

「せっかく日本にいらしたんですから、観光を楽しまれてはいかがですか？　よかったら私がご案内しますので」

「ヒカリ……？」

唐突な申し出に、アイザックも驚いている様子だが、無視して続ける。

「マリアさんは日本語がわからないので、通訳が必要でしょうし。よかったら、なんですけど」

光凜がそう付け加えると、マリアは感激した様子で光凜の手を取る。

「まぁ、本当に？　嬉しいわ。私、日本に来たら、行きたいと思っていたところがたくさんあるの。あと、『オキモノ』も買いたいわ。一緒に選んでくださる？」

「ええ、喜んで」

「約束よ？　ああ、楽しみだわ、お父様」

「よかったじゃないか、マリア。お二人のお邪魔にならんようにな」

ミルドは口ではそう言いながらも、腹の中では娘が二人の仲を壊してくれることを期待しているのだろう。

二人は同じホテルに別に部屋を取っているらしく、また改めて出直すとのことで、部屋を辞していった。

彼らが去ると、アイザックはおもむろに光凜に向き直る。

「さて、どういうつもりなのか、説明してもらおうか、ヒカリ？」

「ど、どういうって……？　ただ、マリアさんの観光に付き合うだけですけど？」

そう惚けるが、それで騙《だま》されてくれるほどアイザックは甘くない。

「ヒカリの魂胆は読めている。どうせ私とマリアが結婚するよう仕向けるつもりなのだろう？」

まさに図星を指され、光凜は内心ぎくりとした。

「そ、そんなことないですけど？　やだな～ちょっと被害妄想なんじゃないですか？　あはは」

「……わかった、ヒカリはそこまで私と結婚したくないのだな」

そう呟くと、アイザックはつと立ち上がり、寝室へ行ってしまった。

そのまま見守るが、出てくる様子がない。

すると、一部始終を見守っていたテオが、「めずらしく、ものすごく拗ねてらっしゃいます」

と解説してくれた。

「はぁ、そうみたいですね」


翌朝、アイザックが拗ねているので朝食にも呼ばれないかと思っていたのだが、いつも通りテオが迎えに来る。

とはいえ、アイザックは全面的に『私は拗ねているんだぞ』とアピールしてきて、初めはクールに振る舞おうとしていたが、やがて我慢できなくなったのか、途中から「今日はマリアとどこへ行く？」「二人でなにをするのだ？」などとあれこれ詮索してきた。

「どうせ、またどこかにGPS仕込んでるんでしょ？　聞かなくても、それで調べればいいじゃないですか」

嫌われるために、光凜もここぞとばかりにツンケンして言ってやる。

「そんな、身も蓋もない言い方をしなくてもいいではないか。仕掛けているかどうかもわからないのに」

「じゃ、仕掛けてないんですか？」

「今日は天気がいいな。観光、楽しんでくるといい」

「都合悪くなると、いつも唐突に話逸らしますよね」

そんなわけで、朝食が済むとアイザックは後ろ髪を引かれつつ公務に出かけていき、光凜はマリアに付き合って、まずは彼女が行きたがっていた呉服店へと向かった。

今回の外出には早瀬が同行し、アイザックが車と専属運転手をつけてくれたので、至れり尽くせりだ。

「まぁ、なんて美しいのかしら！　こんなにたくさんのデザインがあって、目移りしてしまいますわ！」

「お嬢様はお綺麗ですから、どの柄も映えますこと。どうぞ、いろいろお試しになってくださいませ」

外務省絡みのＶＩＰ扱いということで、呉服店でも店を挙げての歓待ぶりだ。

光凜が店主のお勧めを聞き、英語でマリアに通訳する。

マリアは迷った挙げ句、最高級の京手書き友禅の振袖を三着、総刺繍一点ものの振袖を一着と浴衣を二着、それに合わせた帯や備品などもあれこれ選んだ。

——セ、セレブは買い方も豪儀《ごうぎ》だなぁ。

店側も最高級品を出してくるので、一着百万を超えるものもあり、総額がいくらになるのかと考えただけで気が遠くなる光凛だ。

するとマリアが「私、キモノでアサクサを歩くのが夢だったの。ヒカリも選んで」と言い出した。

「え？　私はけっこうですっ」

こんな高い物、とんでもないと辞退するが、控えていた早瀬が「殿下から、光凛さんにも似合うものを選んで購入するよう申し使ってますので」と耳打ちされる。

「いやいや、ほんとにいらないですって！」

「え〜選んでいただかないと、私が殿下からお叱りを受けるんですよ？　一着でいいから選んでくださいよ〜」

と、いつものように早瀬の泣き落としが始まる。

そうなると、次にまた『就職』が来るのは経験上わかっているので、それ以上言い張れなくなる光凛だ。

「ヒカリには、これなんか似合うんじゃないかしら？　合わせてみて」

「な、なるべく安いのにしてください〜」

面白がったマリアにあれこれ着せ替え人形にされ、光凛はアイザックとマリアって似てる、と思った。

肌襦袢《はだじゅばん》から足袋まで着付けセット一式も買い、店で着付けてもらう。

むろん、肌襦袢までは断固として一人で着替えを済ませた光凛である。

光凛とマリアが着付けをしてもらっている間に、早瀬が支払いを済ませてしまったので金額はわからないが、マリアの分もアイザックが持つと言ったらしいので、総額数百万だろう。

――そんだけあったら、俺が月一のご褒美にしてる生卵付き大盛り牛丼、何杯食べられるだろう？

そう考えると、大散財した気分になり、出かける前からどっと疲れてしまう光凛だ。

「まぁ、お二人ともとてもよくお似合いですわ！」

マリアは金髪も綺麗に結い上げてもらい、簪《かんざし》まで刺してご機嫌だ。

マリアの振袖は金糸と赤の華やかな柄で、光凛はなるべく地味で落ち着いたものをとお願いし、薄黄色に椿がメインにデザインされている振袖を選んだ。

「素敵！　ねぇ、写真撮ってくださる？　アイザック兄様にお見せしなきゃ」

足袋に草履を履き、豪華な振袖姿になったマリアはテンションマックスで、早瀬に自分のスマホで何枚も写真を撮らせている。

それから車でマリアご希望の浅草寺《せんそうじ》前まで向かい、降ろしてもらった。

運転手は車に残り、光凜達と早瀬は大勢の観光客達でごった返す浅草寺の参道を目指す。

「あ、提灯の下で写真撮りましょうか？　こちらがベストスポットですよ！　ミス・マリア」

いつものテンションで、早瀬はすっかりマリア専属カメラマンと化している。

「ねぇ、ヒカリ。これはなに？」

「ああ、これはお煎餅という日本のお菓子ですよ」

煎餅を直火で焼いて、醤油《しょうゆ》ダレに浸ける店頭でのパフォーマンスを、マリアは興味深げに眺める。

まるで少女のようにあどけない反応を示すマリアは、とてもこの観光を楽しんでいるようで、光凜も案内してよかったと思う。

「ヒカリも一緒に撮りましょうよ。私のSNS、フォロワーが十万人いるのよ？」

「い、いえ、私写真苦手なのでっ」

万が一、アイザックの妃候補として騒がれた時のことを考えると、顔出しなどとんでもないと固辞する。

その後も、マリアの写真に写り込まないよう、細心の注意を払った。

「日本のお寺は芸術的ね。とても美しいわ！」

マリアは寺の外観が気に入ったらしく、早瀬に何枚も浅草寺をバックに写真を撮らせている。

金髪美女の豪華な振袖姿に、観光客達が振り返って眺めていき、中には無断で写真を撮る者もいる始末だ。

――無理ないか。マリアさん、すごく美人で目立つし。

傍らでそれを見守りながら、光凛はうつむく。

そう、あの堂々とした、生まれながらの王族然としたアイザックの隣に寄り添うのは、マリアのような女性がふさわしいのだろう。

早瀬の話では、マリアも海外留学を経験し、名門大学を卒業した才媛らしい。

「ねぇ、ハヤセ。私おなかが空いたわ」

「では、予約してあるのでランチの店に参りましょうか」

と、早瀬が張り切って案内してくれたのは、浅草《あさくさ》の一角にある高級料亭だった。

目にも鮮やかな会席料理の数々は、目新しいもの好きなマリアの好みに合ったらしく、ここでも出てくる料理を写真に撮り、SNSにアップしていた。

「アルトラニアにも和食のお店はあるけれど、やっぱり本場のお料理は違うわね。こんなに美しい上に、とてもおいしいなんて素晴らしいわ」

食後の水菓子とお茶を楽しんでいると、ふいにマリアが聞いてくる。

「ねぇ、ヒカリはアイザック兄様のこと、どう思ってらっしゃるの？」

「え……どうって言われても……」

突然の問いに、光凛はなんと答えていいかわからず狼狽《ろうばい》する。

「あの……逆に立ち入ったことを伺いますが、マリアさんは？　アイザック殿下と結婚したいと思っているんですか？」

思い切ってそう尋ねると、マリアは愛らしく小首を傾げる。

「う～ん、そうねぇ。アイザック兄様はとても素敵だし、結婚するには申し分のない方だと思うわ。一番の理由は、お父様がどうしてもと望んでらっしゃるからなんだけど」

マリアの口ぶりから察するに、やはり父であるミルドが強引にこの縁談を進めようとしていて、マリアの方は「まぁ、相手がアイザックならいいかしら」といった流れのようだ。

「お父様はご神託による婚姻を毛嫌いなさっているけれど、私は少し考えが違うの。たとえご神託で出会ったとしても、そこから二人がお互いを知って結ばれれば、それは素晴らしい運命の恋なんじゃないかしら？　ねぇ、ヒカリもそう思わない？」

「そ、そうですね……」

いかにも恋を夢見る乙女らしい感想に、光凜は控えめに相槌を打つ。

それからまた都内をあちこち観光し、夕方にはホテルへ戻った。

早瀬が手配してくれたので、まずはホテルの着付け係を呼んでもらい、二人が脱いだ振袖の手入れをお願いする。

「今日はとても楽しかったわ。明日はどこへ連れていってくださるの？」

「それじゃ、マリアさんが行きたいところをピックアップしてくれたら、効率よく回れるルートを考えておきますね」

「まぁ、とても楽しみだわ」

と、マリアは嬉しそうだ。

普通、自分がアイザックとの結婚を望むなら、光凜は蹴落とすべきライバルになると思うのだが、育ちがいいせいか、マリアにはそんな意識は微塵《みじん》もないらしい。

――やっぱり俺なんかより、マリアさんの方がよっぽどアイザックにふさわしいよね。

そこまで考え、そもそも自分は妻になれる身ではなかったことを思い出し、赤面する。

――くそっ、なんでこんなことばっか考えちゃうんだろ……？　俺がアイザックと結婚なんか、できるわけないのに……。

その日、モヤモヤした気持ちを抱えたまま部屋へ戻ると、光凜は早々に引きこもる。

そろそろシャワーを浴びて寝ようかなと思っていると、夜中近くに部屋の内線電話が鳴った。

「はい」

『私だ』

ホテルマンが、外部からの電話だと伝えて繋いだ電話の声の主は、アイザックだ。

『今戻った。ヒカリの顔を見に行ってもいいか？』

アイザックはなんと、今光凜の部屋のドアの前にいると言う。

「マジですか？　廊下にいるのに、わざわざフロント通して内線電話かける意味あるんですか？」

『部屋からかけても、もう遅いからと居留守を使われそうだからな』

と、すっかり光凜の対応パターンを見切っているアイザックである。

「その通りです。私、もう寝るので」

追い返すために、きっぱり断ると。

『相変わらずつれないな。ヒカリの振袖姿を一目見たくて、急いで戻ったというのに』

「もうとっくに脱いでますよ」

そう答えながらも、あんな高い着物を買ってもらってしまったのだから部屋へ入れるべきだろうかと心が揺らぐ。

すると、アイザックが続ける。

『そうか、それは残念だ。しかたない。写真で我慢するか』

「写真？」

なんとなくいやな予感がして、光凜は即座に駆け寄り、ドアを開ける。

光凜の姿を見たアイザックは、大仰に両手を広げてみせた。

「十五時間ぶりだな。会いたかったぞ、ヒカリ」

が、光凜はクールにそれを黙殺する。

「写真ってなんのことです？」

マリアの写真には写り込まないよう細心の注意を払っていたので、訝しげにそう問う。

「ん？　これだ」

アイザックがスマホの画像を見せると、そこには振袖姿の光凛の姿が写っていた。

どれも、いかにも隠し撮りをしたような構図だ。

「な、なんですか、これ？　誰が撮ったんです？」

「そなた達が出かける前、私もヒカリの着物姿を見たかったと呟いたら、ハヤセが気を利かせてくれたのだ。リアルタイムでは見られないだろうからと、写真を撮って送ってくれた」

「え、そうなんですか？」

そんなこと、早瀬はおくびにも出さなかった。

――早瀬さんめ～！

テオに狙われていて食われてしまうのでは、と心配していた光凛だが、一度痛い目に遭ってみてもいいのかもしれないと思い直す。

「その写真、見たら後で絶対消してくださいね？」

「なぜだ？」

そう問われると、うまい言い訳が思いつかず、「……私は写真が苦手だからです」と誤魔化す。

「ヒカリの笑顔がとてもいい。マリアとの観光を楽しんでいる様子が伝わってくる。今日はマリアが世話になった。改めて礼を言う」

「そんな……お礼なんていいです。私も振袖のお礼を言わなきゃと思ってたので……」

高価な振袖を買ってもらってしまい、礼を言うと、アイザックはもう一度スマホの画像を眺めながらふと微笑む。

「私がヒカリのキモノ姿を見たいから勝手にしたことだ。気にしなくていい。本当に、綺麗だ。もっとも、ヒカリはなにを着ていても美しいが」

「アイザック……」

そういうの、やめてくださいと言い返さなければならないのに、自分を見つめる彼の瞳が優しくて、光凜はなにも言えなかった。

そんな光凜の頰に、アイザックがそっと手を触れてくる。

「マリアが来ても、私の気持ちは変わらない。それだけ伝えておきたかった」

頰から伝わる彼の手の温もりに、どくんと鼓動が高鳴ってしまう。

思わずうつむく光凜に「おやすみ」と優しく告げ、アイザックは自室へと帰っていった。

彼に触れられた頰は、それからしばらく熱いままだった。


その後、例の女性捜しは難航し、依然手がかりは得られていない。

そうこうするうちに、アイザックが日本に来て一週間が経ち、彼の帰国予定まであっという間に半分が過ぎてしまった。

――もしあの女性が見つからなかったら、どうしよう……。俺、このまま最後まで女装生活なのかな……。

そう思う反面、もし女性が見つかればもう二度とアイザックとは会えなくなるのだと思うと、なんだか胸の奥が空っぽになってしまったように感じてしまう。

――なんだ、これ？　一日も早く元の生活に戻りたいのに……なんでこんな気持ちになるんだろう？

これは『寂しい』という感情なのだろうか？

悶々としていると、スマホにメール着信があった。

見ると、アイザックからだ。

『今戻った。一緒に夜食を食べないか？』

この誘いを黙殺すると、また廊下から内線電話をかけてくるかもしれない。

――アイザックってば。普通、若い女性はこんな夜遅くに食べたら太るから、気をつけてるんだけどな。

とはいえ、食欲旺盛な光凜はちょうど小腹が空いていたところだったので、自ら隣のスイートルームを訪れた。

「ヒカリはなにが食べたい？　なんでもルームサービスで頼んでくれ」

そう促され、考えるが、ホテルのルームサービスには今の気分にぴったりのメニューが見当たらない。

「あ、そうだ！　コンビニおにぎりのお茶漬け食べたいかも」

「オチャヅケとはなんだ？」

「ええっと、日本に昔からある料理……ってほどでもないんだけど、夜食とかに簡単に食べられるメニューなんです。ルームサービスにもお茶漬けあるけど、二千五百円とかもったいないんで、私作ります。アイザックも食べてみますか？」

「ここで作れるのか？　キッチンなしで？」

と、アイザックは驚いている。

「大丈夫、ちょっと待っててくださいね」

そう言い置き、光凜は近くにあるコンビニへ買い物に行こうとしたが、夜中に危ないからとアイザックに止められたので、テオに頼んでおにぎりをいくつか頼み、買ってきてもらった。

「お待たせしました。ご所望の品です」

「ありがとう、テオさん。あと、ホテルから食器を借りられますか？」

おにぎりが手に入ると、光凜は次にご飯茶碗と日本茶を持ってきてもらう。

そしておもむろに、茶碗にビニールシートを外し、海苔《のり》を巻いたおにぎりを入れた。

「それは私も食べたことがある」

「え？　ほんと？　王子様でもコンビニおにぎりとか食べるんですか？」

「移動中にしか食事を摂れない時もあるからな。日本のコンビニは便利だ」

言いながら、アイザックは興味津々で光凛の手許に注目している。

「で？　後はどうするのだ？」

「簡単ですよ。ここに熱い日本茶を注いで、お箸で解すだけ」

解説しながら、光凛は熱めに淹れた日本茶を注ぎ、割り箸でおにぎりをよく解した。

こうすると海苔がバラバラになり、いい具合に風味が出るのだ。

「私は、中の具は鮭が好きなんです。はい、出来上がり！　よかったらどうぞ」

と、アイザックに差し出す。

「いただきます」

アイザックは箸は上手に使えるのだが、器に直接口をつけて食べる習慣がないので、少々食べづらそうだ。

「あ、スプーンの方がいいですね」

光凛が気を利かせてスプーンを出してやると、アイザックはそれを使ってお茶漬けを口へ運んだ。

「うん、うまいな。オニギリを食べるのとは、また違った味わいになる」

「でしょ？　夜遅くに、ちょっとおなか空いた時とかにいいんですよね」

と、二人は仲良く、まず鮭おにぎりで一杯さらりと平らげる。

「もう一つ、梅もお勧めなんですけど、お代わりします？」

「いただこう」

二杯目は梅おにぎりで、よく梅干しを解してやる。

「うむ……酸味があるが、爽やかだ。これはさっぱりしていてうまい」

「よかった。アイザックは梅干し大丈夫なんですね」

「アルトラニアにも、日本食を扱う店がある。ヘルシーだと人気だ。ナットウも食べられるぞ」

「本当？　すごいですね」

そんな他愛もない話をしながら、二人でぺろりとお茶漬けを二杯完食してしまった。

「今日ご馳走になったディナーより、ヒカリのオチャヅケの方がうまかった」

「それ、絶対ほかの人に言わないでくださいね。シェフが気の毒だから。第一これ、料理って言わないですからね？」

そう突っ込みを入れるが、アイザックは「恐らくヒカリと一緒に食べるから、すべてのものがおいしく感じられるのだろう」などと真顔で言うので、またどぎまぎさせられてしまう。

――んもう、あいかわらず天然たらしなんだから！

コンビニおにぎり茶漬けを振る舞ったくらいで、こんなに喜ばれてしまっては、逆に申し訳ない気分になる。

「ヒカリは料理も得意なのだな。ますます惚れ直したぞ」

「だからこれ、料理じゃないですから。私が作るのなんて、テキトー料理ばっかりですよ？　自己流肉じゃがとか、焼きメシとか」

　なにげなくそう答えると、なぜかアイザックがキラリと瞳を輝かせる。

「ヒカリの手料理を、ぜひ食べてみたい」

「ええっ？　ここじゃ無理ですよ。調味料とかもないし」

「ならば、ヒカリの部屋ならできるのか？」

「そりゃまぁ……」

　とうっかり言いかけ、自分は今『女子』だったことを思い出す。

「だ、駄目ですよ！　嫁入り前の女の子が、男性を部屋に上げるのは日本ではよくないことなんですからね？」

「結婚する相手なら、いいではないか」

「だから～！　あなたとは結婚できないって、何度言ったらわかってくれるんですか？」

　ついキレると、アイザックが目に見えて意気消沈した。

「そうか……ヒカリの手料理が食べられると思って、つい我を忘れて無理を言ってしまったな。すまなかった」

「い、いや、そんな落ち込まれても……」

「最期の晩餐になにがいいかと問われたら、間違いなくヒカリの手料理と答えるだろうが、いいのだ。この願いが叶わずとも、私は強く生きていく」

「そ、そんな重く言われても……」

今度は泣き落としでこられ、光凜はため息をつく。

「……わかりましたよ。そしたら、まずテオさんの許可がもらえることと、私の部屋に入ってもご飯食べてすぐ帰る、その二点を守れるなら、作ってもいいですよ」

「本当か⁉」

やはり、さきほどの落ち込みぶりは演技だったのか、アイザックが途端に復活する。

光凜がそう言ったのは、あのテオが許すはずがないと踏んだからなのだが、あまりにアイザックが喜ぶので、だんだん不安になってきた。

「本当に、簡単なものしか作れませんからね？　下手でがっかりしても責任持てませんよ？」

「私がヒカリの手料理に歓喜することはあっても、失望することなどあり得ないから安心するがいい」

そんなわけで、光凜としてはその話は終わったものと思っていたのだが、翌日アイザックは予定を早く切り上げ、夕方には戻ってきた。

そして、一人で光凜の部屋へやってきて、「今日ヒカリのアパートへ行く」といきなり宣言する。

「ええっ⁉　テオさんの了解は取れたんですか？」

光凜が驚くと、彼は沈黙する。

そして、「……バレずに朝までに部屋へ戻れば、了解を取ったのと同じことだ」と妙な理屈を振りかざす。

「ヒカリのアパートへ行っていいかなどと聞いたら、警戒されて脱出が難しくなる。だからテオには内緒だ」

「いやいや、はなから無断で行く気満々じゃないですか、それ。約束が違いますよ？」

と、モメていると、ノックの後、テオが部屋へ入ってくる。

「殿下、そろそろお部屋へお戻りください」

そう促されると。

「テオ、今宵はヒカリの部屋で休む」

いきなりアイザックがさらっととんでもない宣言をするので、光凜は仰天する。

「は……それでしたら、ヒカリ様が殿下の寝室にお泊まりになられた方が、警備の都合上よろしいかと」

二人の同衾《どうきん》にも物申したい雰囲気のテオだったが、まずそこをついてくる。

予想通りの展開だ。

「同じホテルの同じ階だぞ？　どこに危険がある？　野暮なことは言うな。部屋からは出ないから、朝まで邪魔をするなよ？　緊急以外の連絡は控えてくれ。明日朝七時には部屋に戻る」

「ですが……」

食い下がるテオを無視し、アイザックは彼を部屋の外へ追い出すとドアを閉めてしまった。

「これでよし。後はテオが見ていない隙に、ホテルを抜け出すぞ」

「そ、そんなことしちゃって、本当にいいんですか？」

「ヒカリ、世の中にはバレずに済めばなかったことになるという理があるのだ」

「そうかなぁ……」

気乗りしない光凜をよそに、ちゃっかり変装道具まで持ち込んでいたアイザックは、さっそく着替えようとジャケットを脱いだので、光凜は慌てて背中を向ける。

「ちょっと！　着替えならバスルームに行ってくださいっ」

「ああ、これは失礼した。では、バスルームを借りるぞ」

ちっとも悪いと思っていない口調で謝り、アイザックは優雅に姿を消し、ややあっていつもの変装スタイルで戻ってきた。

実に手慣れたもので、黒髪のイケメン外国人へと変貌したアイザックは、頃合いを見計らい、こっそり光凜を連れてホテルを抜け出した。

そのまま、タクシーで光凜のアパートへと向かう。

が、しばらく戻っていない部屋の冷蔵庫は空っぽなので、食材を買わなければならないとい
うことで、途中スーパーへ寄ってもらった。

タクシーには駐車場で待っていてもらい、二人で店内へ入る。

「ところで、なにが食べたいんですか？」

ショッピングカートを押しながら、光凜が問う。

「ヒカリが作ってくれるものなら、なんでも」

「そういう、ふんわりしたリクエストが一番困るんですけど」

「そうか、ならばオムライスというものが一度食べてみたかった」

「オムライス？」

思いもよらぬ可愛らしいメニューに、光凜は大きな瞳を瞬かせる。

「こないだのメイドカフェにあったが、可愛らし過ぎて注文できなかったのだ。高級店ではメニューにないし、今まで食べる機会がなかった」

——ア、アイザックってば可愛い……！

この貴公子然としたアイザックが、オムライスを頬張る姿を想像するだけで微笑ましい。

「わかりました。そしたら卵と鶏肉かな」

必要なものを次々カートに入れていくと、通りかかったワインコーナーでアイザックが一本数万もする高級ワインを何本もカートに入れてくる。

「な、なにこんなお高いワイン買おうとしてるんですかっ」

「せっかくヒカリと二人きりのディナーではないか。今宵はロマンティックな一夜にしたいからな」

「そういうのはなしって言ったでしょ、もう！」

ぶつぶつ文句を言っても、なぜかアイザックが嬉しそうなので、光凜は首を傾げる。

「なんだか、すごく楽しそうですね？」

「よけいなものを買おうとして、叱られる、こういうのが夢だったのだ」

え、そんなことが？　と口にしかけ、光凜ははっとする。

自国でも常に人の目を意識し、ロイヤルファミリーとしての品行を求められるアイザックにとっては、そんなささやかな日常すら憧れなのかもしれない。

「……しょうがない、ワインは一本だけですよ？」

「わかった」

光凜の許可をもらい、アイザックは嬉しそうに「私が持とう」とカートを押してくれた。

そして、空いている左手でさりげなく光凜の手を取る。

拒否するのは簡単だったけれど、まぁいいかと黙認することにした。

ただ手を繋いでスーパーで買い物をしているだけなのに、こんなにドキドキしてしまうのはなぜなのだろう……？

無事買い出しも済ませ、待たせていたタクシーに戻り、いよいよ光凜のアパートへ向かう。

「いいですか？　私の部屋の中をじろじろ見ないこと。物には触らないこと。あと、エ、エッチなこととかは、絶対絶対なしですからね!?　それ約束してくれないと、部屋へは入れられません！」

部屋の前でそう念押しすると、アイザックは神妙な面持ちで「わかった、約束する」と応じた。

――ホントにいいのかなぁ……。

あまりアパート前で押し問答していても目立つので、光凜は覚悟を決めてアイザックを連れ、錆《さ》びたボロボロの鉄階段を上って二階にある部屋へ案内した。

「ちょっとだけここで待っててくださいね」

そう念押しし、先に一人で部屋へ上がると、超特急で片づける。

なにしろ、前回アイザックに急襲されて以来、何度か戻って念のため『女子の部屋』仕様に偽装しておいたのだが、やっておいてよかったと胸を撫で下ろす。

もともと殺風景で物がない部屋なので、少しでも女性らしく見せるために、壁に早瀬に買ってもらった女性用の服を何着も並べてかけてある。

これで壁の染みや汚れも隠せるので、一石二鳥という寸法だ。

後は、バスルームの男性用シャンプーなどを隠し、最終点検してからようやくドアを開けた。

「お待たせしました！　どうぞ」

買い物の荷物を持ってくれていたアイザックは、スーパーのビニール袋を提げて部屋へ上がってくる。

前回で学習したのか、今度はちゃんと靴を脱いでくれた。

しかし長身のアイザックが立つと、ただでさえ狭い部屋がますます狭く見えてしまう。

「す、すぐできるので、座ってテレビでも観ていてください」

と、光凜は急いで買ってきた食材をキッチンに並べ、料理にとりかかる。

「ヒカリの部屋は居心地がいいな」

「え？　確か前来た時、うちの犬小屋より狭いとか言ってませんでしたっけ？」

「怒っているのか？　すまない、悪気はなかったのだ」

ここぞとばかりに皮肉ってやると、アイザックは反省した様子でしゅんとしている。

天然で不遜かと思えば、こうして端々にまるで子どものように素直な一面を垣間見せるアイザックには、つい放っておけない気分にさせられてしまう。

――アイザックって、母性本能くすぐるのうまいのかも。って、俺女子じゃないんだけど！

が、一人にしておくとアイザックになにを見られるかわからなくて心配なので、何度も居間を振り返り、作業がはかどらない。

するとそれに気づいたのか、アイザックが狭いキッチンへやってきた。

「私が、目の届くところにいないと不安なようだな」

「そ、そうです。男の人には見られたくないものもあるので」

と、挙動不審の理由を、なんとか取り繕う。

「わかった。ではヒカリを安心させるためにそばにいよう。私も手伝う」

「え、お料理できるんですか？」

「留学中は節約のため、自炊していた。最近はなかなか作る時間が取れないのだが」

言いながら、アイザックはシャツの袖をまくり、流しで手を洗う。

「なにをすればいい？　アシスタントとして使ってくれ」

「それじゃ、玉葱《たまねぎ》のみじん切りをお願いします」

一国のプリンスをアシスタントにして料理をするなど、今後一生ないだろうなと考える。

まな板と包丁を渡すと、アイザックは本当に慣れた手つきで、あっという間にみじん切りを仕上げてくれたので、光凛も作業がはかどる。

並んでキッチンに立つと、アイザックが嬉しげに言う。

「こうしていると、ますます新婚のようだな」

「はいはい、新婚妄想はよそでやってくださいね」

軽くあしらいつつ、サラダやオムライスの下準備をする。

米を炊くのを待つ時間がないので、買ってきたパック白飯をレンジでチンし、まずはチキンライスに取りかかった。

アイザックは次に、サラダに使う野菜を洗ってくれている。

――――まさか、アイザックと二人で、自分の部屋のキッチンに立つことになるとは思わなかったな……。

つい彼を見つめていると、それに気づいたアイザックがふと微笑む。

「なんだ？　私に見とれていたのか？」

「ま、まさか！　ちょっと自惚れ強いんじゃないですかっ」

動揺を悟られまいと、ツンとして言ってやる

フライパンでまず刻んだ玉葱と鶏肉を炒め、温めたご飯を投入し、ケチャップと塩こしょうで味付けだ。

「次、卵焼きますよ」

チキンライスを仕上げてから、光凛は多めの卵をボウルに解き、ふわふわの半熟オムレツを綺麗に焼き上げる。

それを、皿に盛り付けたチキンライスの上に載せ、ナイフで真ん中に切れ目を入れてとろりと広げた。

「さ、できましたよ」

今夜のメニューは野菜たっぷりシーザーサラダと市販のポタージュスープ、それにチキンオムライスだ。

「おお、うまそうだ」

光凜の部屋は畳で小さなローテーブルしかないので、それの上に完成した料理を並べる。

畳の上に座らなければならないが、アイザックは正座などしたことがないだろうからクッションを渡し、足を崩すよう勧めた。

「後は、ケチャップをかければ完成です」

そう言って、市販のケチャップをかけようとすると、「私にやらせてくれ」とアイザックが申し出たので、任せることにする。

なにがしたいのかと見ていると、彼はまるでパティシエのような真剣さで、オムライスの上に『ヒカリ、愛している』と書き上げた。

どうやら、事前に調べておいたのか、ご丁寧に『愛している』は漢字で書かれているが、さすがに『光凜』は難しかったようでカタカナだ。

「アイラが見ていた動画で、メイドカフェの店員がやっていた。日本ではこうするのだろう?」

「あ～……これが日本文化って思われても、ちょっと語弊があるんですけどね」

返事に困っていると、「ヒカリは私の皿になにを書いてくれるのだ?」とワクワクされながら聞かれてしまう。

「……いえ、私は好きとか、そういうのは書きませんからね？　期待しないでくださいね？」

「そうなのか⁉」

「え、そんなびっくりするとこじゃないですよね、今までの流れで『裏切られた！』みたいな顔されても困るんですけど」

それでも、期待度一〇〇％の眼差しで見つめられ、光凜は考えた末にケチャップで似顔絵を描いてやった。

「これは？」

「あなたです。イケメンに描いてあげましたよ」

そう答えると、アイザックはすかさずスマホを取り出し、「記念撮影してもいいか？」と告げる。

「私を写さないなら、いいですよ」

光凜の許可を得て、アイザックはオムライスの写真を撮りまくった。

「ヒカリは一緒に写真を撮ってはくれないのだな」

寂しげにぽつりと言われ、罪悪感に胸が痛む。

自分はこの世に存在しない『女性』なのだ。

証拠を残すわけにはいかない。

「写真、苦手だって言ったでしょ。さぁ、冷めないうちにどうぞ」

「では、まずはワインで乾杯といこう」

「あ……グラスが」

言うまでもないが、光凜の部屋に洒落たワイングラスなどあるはずもない。

「すみません、これしかないんですけど……」

言いながら、申し訳なさそうに差し出したのは、パンメーカーが集めたシールの景品でくれる可愛いウサギ柄のコップだった。

こんな高級ワインを景品のコップで飲ませるなんて、と光凜は罪悪感に駆られたが、アイザックは気にしていないようだ。

なにしろ光凜の部屋にはコルク抜きもないので、買ってきたそれで栓を開け、二つのコップにワインを注いでいる。

「初めて実現した、ヒカリとのロマンティックな一夜に」

「んもう、そういうのナシだって言ったでしょ?」

言いながら、コップを合わせて乾杯する。

ワインにはまるで詳しくない光凜だが、さすが高級品なだけあって渋みがなく、爽やかな酸味でおいしかった。

「わ、このワインすごくおいしい……!」

「気に入ってよかった」

あまりのおいしさにくいっと一杯空けてしまうと、アイザックがお代わりを注いでくれる。

それから彼も、いつものように「いただきます」と律儀に手を合わせてからスプーンを使ってオムライスを一口頬張った。

「……うまい！　このトマトソースが、なんとも言えず癖になる味わいだ」

「ただの、市販のトマトケチャップですよ？　ちょっと隠し味は入ってるけど」

「なんだ、それは？」

「教えちゃったら、隠し味にならないじゃないですか」

「そこをなんとか」

「え～、どうしようかな」

などと、軽口を叩き合いながら、楽しい食事は進む。

アイザックが選んでくれた生ハムやチーズなどのつまみもおいしくて、普段アルコールに弱い光凜は滅多に量を飲まないのだが、気づくと三杯目を空けていた。

なんだかふわふわとして、とても気持ちがいい。

「では、デザートには私が焼き林檎を作ろう」

「わ、ほんとですか？」

「とても簡単だ。林檎にバター、グラニュー糖とシナモンパウダーがあればできる」

アイザックはキッチンに立ち、買ってきた林檎を細めの櫛切りにすると、バターを溶かしたフライパンで焼き始めた。

なぜ林檎を買うんだろうと不思議だったのだが、どうやら最初からデザートを作ってくれるつもりだったようだ。

林檎に火が通ると、グラニュー糖をそれぞれ両面にまぶして焼き目をつける。

シナモンパウダーをたっぷりと振りかけ、並べて盛り付けたその上にバニラアイスを載せれば完成だ。

「さぁ、できたてを召し上がれ」

皿の上に美しく盛り付けた焼き林檎を、アイザックが恭しく差し出す。

「おいしそう、いただきます！」

喜び勇んで一切れ口に入れると、熱々の焼き林檎と冷たいバニラアイスが絶妙なハーモニーを奏で、そのおいしさに思わずうっとりしてしまう。

「すっごくおいしいです！」

「そうか。ヒカリに喜んでもらえてよかった」

夢中で頬張る光凜を眺めながら、アイザックも嬉しそうだ。

「はぁ、おなか一杯。ちょっと食べ過ぎちゃったかも」

すっかりいい気分になってしまい、光凜はコップに手を伸ばす。

「大丈夫か？　もうやめておいた方がいい」

「え〜もうちょっとだけ〜」

と、アイザックが止めるのも聞かず、四杯目を飲み干す。

かなり酔いが回っているうちに、ふと気づくとアイザックがシンクの前に立ち、皿を片づけてくれていた。

――わ、プリンスに皿洗いさせちゃった……。

ごめんなさい、と心の中で詫びながらも、もう眠くてなかなか目が開かない。

ぐらぐらして上体を支えられなくなり、ローテーブルにゴツンと額をぶつけてしまう。

「大丈夫か?」

「ら、らいじょうふれす……ふみまへん……」

なんとか答えようとするが、呂律もよく回らず、目を開けていられないほど眠い。

ぐにゃぐにゃしていると、ふいに身体がふわりと浮き、部屋の隅にあるベッドへと運ばれた。

そっと横たえられ、布団をかけられる。

「飲み過ぎたか、酒に弱いのだな。我慢せず眠るといい」

「れも……ホテル戻らないと……」

「大丈夫だ。少ししたら起こすから」

ならいいかな、と光凛はよく思考の回らぬ頭で考え、目を閉じる。

ああ、でもアイザックを一人にしておいて、バスルームなど見られたら困るところがたくさんあるんだったっけ。

なのになぜ、こんなに調子に乗って飲んでしまったのだろうと、後悔してもあとのまつりだ。

だって、アイザックとのディナーがとても楽しかったから。

ふわふわといい気分だったのが、そのうちやはり飲み過ぎていたのか、少し気分が悪くなってくる。

アルコールによる浅い眠りで、光凜は慣れた予兆を感じ取る。

ああ、またあの夢だ。

もう二度と見たくないのに、繰り返し見てしまう、悪夢。


夢の中で、光凜はいつも八歳の少年の姿に戻っていた。

幼い自分は、母と手を繋ぎ、楽しげにスキップしている。

今日は多忙で休日出勤している父の現場へお弁当を届け、昼休憩に一緒に食べることになっているのだ。

滅多にないことなので、嬉しくて嬉しくて。

光凜は前の晩から眠れないほど楽しみにしていた。

工事現場は大勢の作業員達が忙しく立ち働いていて、父は現場監督としてその場を指揮していた。

『おう、来たか』

母と光凜の姿を見つけた父は、嬉しそうに手を振ってくる。

『父さん！』

光凜も嬉しくて駆け出そうとした、その時。

父の背後で作業していたクレーン車が、運転を誤ったのか、うず高く積み上げられていた鉄骨にアームをぶつけてしまった。

あっと思う間もなく、鉄骨の山は唸りを上げて倒壊し、父の頭上から降り注いだ。

『父さん……!?』

大好きな父が、目の前で即死する大事故に遭う。

幼い子どもには過酷過ぎた経験に、それ以降の光凜の記憶はしばらく飛んでしまっている。

ふと気づくと、父の葬儀は終わっていて、明るくて元気が取り柄の母は毎日泣いていた。

あまりに一瞬の出来事だったので、あれはただの夢で、今にも「ただいま」といつもの調子で父がひょっこり帰宅しそうな気さえする。

だが、父が帰ることはもう二度となく、ゆるゆると時は過ぎていく。

専業主婦だった母は、父亡き後の家計を支えるため、勉強して資格を取得し、医療事務員として働き始めた。

だが、田舎の小さな病院勤務なので、給料は決して多いとはいえず、光凜達親子は母の実家に身を寄せ、祖母と三人で質素な暮らしを続けた。

やがてその母も、光凜が高校生の時に急な病でこの世を去った。

大学に進学できたのは、父の会社が支払った賠償金と保険金のおかげだ。

母は光凜のために、それには一切手をつけず取っておいてくれたのだ。

だが、父の命と引き換えに得た金で進学することに、光凜はひどく罪悪感を抱いていた。

だから、学費だけはありがたく使わせてもらう代わりに、教科書代やかかる経費諸々、それに生活費はすべて自分で賄う、そう決めたのだ。

決して楽なことではなかったが、それが光凜なりの意地の通し方だった。

父を不慮の事故で亡くした以外はなにごともなく、すくすくと成長したように見える光凜だったが、あの日の光景を繰り返し悪夢で見るようになった。

いつも、同じ情景に同じ結末。

どうなるかいやというほどわかっているので、光凜は必死に父を救おうとするのだが、届かない、間に合わない。

そしていつも、父は目の前で鉄骨の山の中に消えてしまうのだ。

また、救えなかった、その絶望感。

幼い頃は頻繁で、光凜は夜中に何度も飛び起き、泣いて母を心配させた。

成長するに従い、その頻度はじょじょに下がり、確実に回数は減っていったのだが、今もまだ完全に悪夢から逃れられたわけではない。

何年経ってもその苦痛は薄れることはなく、心臓は早鐘のように打ち、夜中に飛び起きると寝汗で背中はぐっしょりになっている。

一人暮らしを東京で始めてからは、そうして夜中に不安に打ち震えても、朝までひたすら孤独に耐えるしかなかった。

そんな生活にも、もう慣れたはずだったのに。

久しぶりに見た悪夢は、やはり光凛の胸を切り裂く。

今日はせっかくアイザックと、楽しい時間を過ごしていたのに。

でも、大丈夫。

いつものように耐えていれば、やがて夜は明ける……。

夢の中で、今日も父は光凛に向かって手を振ってくる。

ああ、また父が死ぬ場面を見なければならないのか、と覚悟を決めた、その時。


「ヒカリ」

アイザックの優しい声音が、脳裏に響いた。

「ひどくうなされていたぞ。大丈夫か?」

「アイザック……」

なかば無意識のうちに、光凛は救いを求めるように右手を伸ばす。

それが果たして夢の中なのか現実なのか、よくわからない。

すると、大きな温かい手がそれを取り、優しく包み込んでくれた。

次の瞬間、心細さと不安が、潮が引くようにすっと引いていく。

「怖い夢を見たのか?」

「……うん」

と、そこでアイザックのスマホが鳴り、彼はベッドに腰掛けて光凛の手を握ったまま片手でそれに応対した。

「もしもし……ああ、すまない……」

ひどく、眠い。

スマホで、誰かと通話しているアイザックの背中が見える。

「どうしても、今は動けない。朝になったら戻る……それまで……」

眠くて、よく聞こえない。

でも、アイザックに行ってほしくなくて、寂しくて。

思わず手を伸ばし、彼のシャツの袖口を掴みしめる。

するとアイザックが振り返った。

「どこ行くの……？　行かないで……」

なかば夢うつつでそう訴えると、彼は優しく微笑む。

「大丈夫だ、私はヒカリのそばにいる」

「アイザック……」

これは、きっと夢の続きだ。

眦に涙を溜め、光凜は子どものようにこくりと頷く。

だから、甘えてしまってもいいのだろうか……？

現実では決してしてはいけないことを、望んでしまってもいいのだろうか……？

「そばに、いて……」

か細い声音で、そう呟く。

「ヒカリ……」

大きな腕に抱き込まれ、その温もりにほっとした。

ああ、ひどく心地いい。

「安心して眠るといい。もう悪い夢は見ない。私が追い払ってやるからな」

夢の中のアイザックの声音が、優しくて。

光凜は安心して深い眠りの淵《ふち》へ落ちていった。


「ん……」

カーテンの隙間から差し込む朝日が眩しくて、光凜はもぞもぞと寝返りを打つ。

いや、正確には打とうとした、と言った方が正しい。

なぜなら、何者かの強い腕にがっちりと抱きしめられていて、身動きが取れなかったからだ。

「え……なに……？」

まだ寝起きでぼんやりしている頭で振り返ると……。

背後から自分を抱き竦めるような格好で、すやすやと心地よさそうに眠っているのはアイザックだった。

「……は⁉」

見ると、狭い自分のシングルベッドからはその長い足がはみ出してしまうようで、身を縮めるように丸まり、ぴったりと密着して寝ていたので、光凜はくらりと目眩がした。

――いったい、なにがどうしてこうなった……⁉

確か、ゆうべは二人でワインを飲んで、オムライスを食べて……と必死に記憶の糸をたぐる。

もしかして、夢だと思って甘えてしまったのは、現実のアイザックだったのだろうか……？

「うわぁぁっ、まずい……！」

夜のうちに、こっそりホテルに戻るつもりだったのに、アイザックを連れて無断外泊してしまうなんて。

テオにバレたら大変なことになる。

「アイザック！　起きてください！」

慌てて彼を揺さぶると、アイザックもようやく薄目を開ける。

「ああ……おはよう、マイスイート。今日も可愛いぞ」

「そ、そんなことより、早くホテルへ戻らないと！　抜け出したこと、テオさんにバレますよ⁉」

ベッドから飛び降り、急いで出かける支度をしようとして足がもつれ、盛大に転んでしまう。ついでに二日酔いなのか、急に動いたので頭がガンガン痛んだ。

「そう慌てなくても問題ない。実はゆうべのうちにテオにはバレていた」

と、アイザックはベッドの上で優雅に伸びをしている。

「え……⁉」

「さすがは私の行動パターンを読み切っているだけのことはある」

では、ゆうべ夢うつつに聞いた通話は、やはり夢ではなくてアイザックとテオのものだった

のかと青くなる。

「いやいや、感心してる場合ですか！　なら、なおさら早く戻らないと！」

もう、着の身着のままでいいやと、ドタバタと玄関のドアを開けると。

「おはようございます、ヒカリ様。本日はとてもよいお天気ですよ」

にこやかに告げながらも、目が一ミリも笑っていないテオが廊下に立ちはだかっていた。

「テオさん⁉」

見ると、彼の背後にはいつものSPが二人、控えるように付き従っている。

「もしかして……一晩中外に立ってたんですか？」

「はい、殿下にはホテルにお戻りになられるよう重ねて申し上げたのですが、『ヒカリが心地よさそうに眠っているので、起こしたくない』とおっしゃられて」

「すすすす、すみません……！」

もはや、この場で土下座したい衝動に駆られ、光凜は平身低頭だ。

こんなボロアパートに泊まられ、警備するのはさぞ大変だっただろう。

「とりあえず、お二人ともホテルへお戻りください。話はそれからにいたしましょう」

「……はい」

「勝手をしてすまなかった、テオ。ヒカリは悪くないのだ。私が手料理を食べたいと無理を言って押しかけた」

アイザックがそう庇ってくれると、テオはため息をつく。

「わかっていますよ、何年あなたの側近をしていると思ってるんですか」

「うむ、それでこそテオだ」

「まったく反省なさってませんね、殿下」

とにかく、光凜は急いでアパートの戸締まりを済ませ、そのままアイザックと共に待機していた迎えの車に乗り込む。

テオ達に迷惑をかけてしまったのも申し訳なかったが、なにより酔っていたとはいえ、アイザックに甘えて朝まで一緒に眠ってしまった大失態に、地球の裏側まで穴を掘って埋まりたい気分だ。

――なんてことしちゃったんだ……アイザックのことは拒絶しなきゃいけないのに……。

マリアナ海溝より深く反省した光凜は、もう当分酒は飲まないぞと心に誓った。

車の後部座席に座ると、隣のアイザックから視線を感じる。

「ヒカリ……」

恥ずかしくて、アイザックの顔が正視できなくて。

光凜はうつむいたまま、早口で呟く。

「ゆ、ゆうべはご迷惑おかけしてしまって、すみませんでした。酔っててなに言ったかよく憶えてないんですけど、忘れてくださ い……っ」

自分は、ずるい。

本当は彼に甘えてしまったのを憶えているくせに、酒のせいにしてなかったことにしようとしているのだから。

それからは、アイザックが話しかけてきてもろくな返事をせず、だんまりを決め込む。

そしてホテルへ戻ると、マリアが待ち構えていた。

「部屋に電話しても、二人ともいらっしゃらないので心配しましたわ。なにかあったんですの？」

二人で外泊したことをうすうす察しているはずなのに、マリアはそれに触れてこようとしない。

それが、逆に申し訳なかった。

「ご心配おかけしてすみません」

光凜が謝ると、マリアはなんとなく気まずそうな二人を交互に見つめる。

「アイザック兄様は、今日も公務が詰まっているのでしょう？　ヒカリ、私、昨日買ったキモノを着て、カブキを観たいわ」

「は、はい、わかりました。早瀬さんに聞いてみますね。お部屋で待っていてください」

「ヒカリ……」

なにか言いたげなアイザックを無視し、彼に聞こえるようにそう返事をすると、光凜は逃げるように自分の部屋へ戻った。

まず早瀬に電話して事情を説明すると、チケットを用意してすぐ来ると言うので、その間に一刻も早くアルコールを抜くために、熱いシャワーを浴びる。

――落ち着け、この失点は取り戻さなきゃ。

もう、二度と気を緩めてはいけない。

熱い水滴を頭から浴びながら、光凜は自らに活を入れるために、平手で頬をパンと強めに叩いた。

ガウン姿のままドライヤーで髪を乾かしていると、さっそく早瀬がやってくる。

「おはようございます、聞きましたよ。殿下と無断外泊したそうですね」

さっそくテオから報告が入ったのか、やってくるなり開口一番そう聞いてきた。

「うっ……すみません……夜のうちに戻るつもりだったんですけど……」

「そ、それで……？　非常に聞きにくいのですが、殿下とはその……熱い一夜を……？」

「で、できるわけないじゃないですかっ、俺、女の子のふりしてるのに！」

「ですよねぇ。しかし同衾しながら手を出さないとは、殿下も筋金入りの紳士ですね」

などと、早瀬は妙なところで感心している。

「でも、僕も最近ちょっとおかしいんですよね」

「え、なにがですか？」

「いえ、僕、なぜかテオさんの前に出ると、不整脈が始まってしまうんです。こう、蛇《へび》に睨まれた蛙《かえる》、みたいな？　ほかの人の前ではこんなことないんですけど、病院行って精密検査受けた方がいいでしょうか」

と、早瀬は真剣に悩んでいるようだ。

それって屈折したテオの愛情を敏感に察知しているのでは、と思ったのだが、当人がまったく気づいている気配がないので、光凜は「お疲れなんじゃないですか」と無難な返事にとどめておくことにした。

早瀬は外務省のコネを使い、歌舞伎のチケットは無事手に入れてきたようだ。

これから着付けをしてくれるホテルスタッフが来ることになっていると言われ、光凜は急いで肌襦袢に着替えた。

「それと、朗報ですよ。例の女性ですが、現場付近のご近所にローラー作戦で聞き込みをしたところ、該当する人物を知っている方が見つかったんです！」

「え、本当ですか⁉」

あれ以降なんの進展もなかったので、なかばあきらめかけていた光凜は驚いてメイクする手を止めてしまう。

「今、その方から聞き取りをして、ご本人の住所がわかれば見つかったも同然ですよ。いやぁ、一時はどうなることかと思いましたが、なんとか見つかりそうですね」

「そう……ですね、よかったです」

なんだか、おかしい。

手放しで喜んでいいはずなのに、なぜこの朗報が嬉しくないのだろう？

これで場繋ぎの役目から解放され、女装生活は終わり、大学卒業後は晴れて外務省へのコネゲットで、言うことなしの展開のはずなのに。

なぜ、こんなにも落胆してしまっているのだろう……？

光凜は、自分で自分の気持ちが理解できなかった。


人生初の歌舞伎は、演目は面白かったが、慣れない着物姿での長時間の鑑賞はかなりの苦行だった。

が、マリアの方はまったく疲れを見せることなく、その後もテンション高く銀座での買い物に光凜を引っ張り回す。

「ああ、楽しかったわ。私達、とてもいいお友達になれそうね。そう思わない？」

「友達に、なってくださるんですか……？　私のこと、邪魔じゃないんですか？」

驚いて、思わずそう尋ねてしまう。

マリアの、お嬢様然とした天然ぶりに好感を抱いていた光凜だが、アイザックとのことがあって、当然彼女にはよく思われていないだろうと思い込んでいたのだ。

「マリアさん、ほんとに誤解しないでほしいんですけど、昨日の外泊は殿下とはなにもなかったんです。信じてください」

後ろめたいところがあるせいか、つい言い訳めいた言葉を口にしてしまうと、マリアはじっと光凜を見つめた。

「ヒカリ、私はライバルに勝ちを譲られて、それを喜ぶほどプライドは低くないつもりよ」

「マリアさん……」

「ヒカリは、本当はアイザック兄様のことをどう思ってらっしゃるの？　白状なさい。あなた達は互いに惹かれ合っているようにしか見えないわ」

マリアにはっきりとそう指摘され、光凜は衝撃を受けた。

まだ知り合って間もないマリアに伝わってしまうほど、自分は感情をあらわにしていたのだろうか？

「私は、パパがすごく熱心に勧めるし、日本観光したかったからついてきたっていうのが正直なところなの。アイザック兄様のことは大好きだけど、兄様が本当にお好きな方との仲を引き裂くような無粋な真似は、はしたないわ」

ふわふわとしたお嬢様気質ではあるものの、マリアは一本筋の通った女性なのだなと光凜は思った。

彼女の気持ちは嬉しかったが、それでも自分はアイザックの花嫁になることはできないのだ。

――ああ、まただ。どうして俺、こんなに苦しいんだろう……？

就職が有利になる条件に目が眩んで、引き受けたことなのに。

本物の女性が見つかるまでに、アイザックに嫌われなければならないのに。

そう自分に言い聞かせれば言い聞かせるほど、アイザックの笑顔が脳裏によみがえる。

昨晩の、彼の温もりに包み込まれて眠った幸福感を思い出す。

いったいいつのまに、こんなに彼のことが好きになってしまったのだろう……？

生来の奥手で、その上とにかく生活費を稼ぐことで一杯一杯だった光凛は、今まで女性とも交際経験がない。

こんなに誰かの存在が心の内を占め、その人のことばかり考えてしまうなんて、初めての経験だった。

「でも……無理なんです、私は……」

ぽろりと水滴が頬を伝い、光凛は手を触れる。

いつのまにか自分が泣いていたのだと知り、急いでそれを手の甲で拭った。

「かわいそうなヒカリ。なにか事情があるのね？　大丈夫、ご神託には不思議な力があるの。アイザック兄様より何代も前の時に、次期国王の花嫁は、当時敵対関係になった隣国の第一王女とご神託が下ったのよ」

マリアの話では、当時両国の関係は一触即発状態だったので、誰もが不可能な縁組だと思ったらしい。

だが、それからまもなく政況が一変し、両国の和平を願って二人の結婚はとんとん拍子に決まり、今も両国の関係は良好らしい。

言われてみれば、アイザックと初めて出会ったあの時、普段とあきらかに違う長さに信号が点滅していた。

機械のトラブルかもしれないが、もしかして、あれもそのご神託の不思議な力なのだろうか……?

「私はアルトラニアの国民として、ご神託を信じてる。どんなに困難で不可能に思えたとしても、ご神託が下った二人は、きっと結ばれる運命にあるはずよ」

「マリアさん……」

「この私が、アイザック兄様の花嫁の座を譲ってもいいと認めたんだから、胸を張りなさい、ヒカリ。パパにはうまく言っておくわ」

マリアの気持ちは、とても嬉しい。

だが、いくらご神託に神秘的な力があっても、やはり自分が男である限りはどうにもならない。

それ以前に、自分は人違いで、アイザックにとっては現場にいたあの女性が運命の相手なのだから。

どうにもならない苦しさに、光凜はただ項垂れるしかなかった。

その晩遅くホテルに戻り、振袖を脱がせてもらった後マリアと別れて自室で寛いでいると。

「ヒカリ様、少しお時間よろしいでしょうか」

テオが改まって一人で訪れるのは珍しいので、光凜も居住まいを正す。

とはいえ、昨日の今日なので、話はアイザックに関することだと察しはついたのだが。

ソファーを勧めると、彼は光凜の向かいに腰掛け、切り出す。

「単刀直入に伺います。ヒカリ様は本当に殿下とご結婚なさる気はないのですか?」

「え……?」

「失礼ながら、かたくなに殿下との結婚話を拒んでおきながら、殿下と自宅アパートに外泊されたりするなど、少々言動が一致しておられないようにお見受けしましたので」

それに関しては弁解のしようもないので、平身低頭でひたすら謝るしかない。

「外泊の件ではご迷惑をおかけしてすみません……でも、本当に殿下とは、そういった関係は一切ないです」

そう訴えると、テオがため息をつく。

「ヒカリ様が悪いのではないことは、重々承知しております。殿下がいつもの調子で強引におねだりしているところが、容易に想像がつきますので」

「はぁ……」

「しかし、驚きました。殿下はあなたのことをとても大切に想っておられる。あんなに全身全霊かけて、どなたかを口説き落とそうとしている殿下は初めて見ます」

「テオさん……」

「正直申し上げると、私も今まで半信半疑だったのですが、ご神託は本当に運命のお相手と巡り会える、神秘的なものなのかもしれないと感じた次第です」

常に冷静沈着で思慮深いこのテオが、そう言うくらいなのだから、アイザックは本気であらゆる手段を使ってでも自分と結婚に漕ぎ着ける気なのだろう。

——でも、それはできない。無理なんだ。

もしも自分が女性だったら、迷わずアイザックの腕に飛び込むことができたのだろうか
……？

考えても詮無きことだが、考えずにはいられない。

目を伏せた光凜を、テオは正面から見据えてくる。

「どうあっても、お気持ちは変わりませんか？」

「……すみません」

「わかりました……残念です。過去にご神託が下っても、お相手の都合でまとまらなかった例は何件かあるそうです。その場合は日を改めて、再度ご神託の儀式が行われます」

「そうですか……」

早瀬から口止めされているので言えなかったが、例の女性が見つかれば、彼女が本物のお相手だと認定されるだろうし、もしその人との縁談もうまくまとまらなかったとしても、やり直しが利くと知り、光凜はほっとした。

なによりも誰よりも、アイザックにはしあわせな結婚をしてほしかった。

その様子を見守っていたテオが、続ける。

「ですので、殿下と将来を共にする気がないのでしたら、あの方の前から姿を消していただきたいのです。あなたがそばにいれば、殿下はあきらめきれないと思いますので」

テオの指摘はもっともだったので、光凜は頷いた。

「わかりました。早瀬さんに相談してみます」

「アパートは知られているので、どこか殿下に知られていない隠れ家をご用意いただけるよう、ミスター・ハヤセにはさきほど相談済みです。そちらで、殿下が帰国されるまでの間、身を隠していただけますか？」

「はい」

これでいいのだ、これで。

自分の気持ちのふらつきでアイザックを振り回してしまった以上、彼の前から姿を消すしかない。

光凜はテオの指示に従おうと決めた。

と、その時。

ノックがあり、廊下から「テオ、いるのか?」とアイザックの声が聞こえてきた。

「殿下、どうなさいました?」

テオが急いでドアを開けると、アイザックが入ってくる。

そして、二人を交互に見つめ、テオに言った。

「昨日の件なら、非はすべて私にあると言っただろう。ヒカリを責めるな」

どうやら、テオが説教をしに光凜の部屋へ来ていたと思ったらしい。

「ち、違いますよ。明日の予定のことを聞いていただけで、誤解です」

光凜はそう嘘をつく。

すると、まるでそれを信じていない表情で、アイザックはテオに先に下がるように命じ、テオもそれに従って部屋を出ていった。

「ヒカリ、話がある」

そして、光凜に向き合おうとするので、光凜は視線を逸らす。

「……すみません、もう休むところなので」

そう応対し、ドアを開けて暗に出ていってほしいと所作で促したが、アイザックは動こうとしない。

「どうしても、気になることがある。あの晩、ヒカリはひどくうなされていた。いつもああなのか？　ちゃんと眠れていないのか？」

てっきり避けていることをなじられるのかと思いきや、アイザックが心配していたのは自分の悪夢のことだったので、光凜は驚いた。

そして、驚きが去ると、彼の優しさに絆されてしまいそうな自分に気づき、しっかりしなきゃと拳を握る。

「ああ、あのことですか？　たいしたことないんです。ちょっと昔の夢を見ていただけで、いつもはぐっすり眠れてますから」

「そうか、ならいいのだが」

と、アイザックは本当にほっとした表情になったので、罪悪感にズキリと胸が痛む。

こんなに優しい人を、ずっと騙し続けてきたのだ。

彼に好きになってもらう資格なんか、自分にはないと思った。

「用はそれだけですか？　それなら……」

もうこれ以上そばにいたら、心が折れて縋ってしまいそうで、光凜は彼を強引に部屋から押し出そうとする。

すると、アイザックは光凜の手首を掴み、ドアを閉めてしまった。

「アイザック……」

「非礼を許してくれ。もう一つだけ聞きたい。ヒカリの部屋に泊まって以来、私を避けているな？　なぜだ？」

正面から、まっすぐ瞳を見据えられて恐れていた質問をされ、光凜は思わず目を逸らす。

「そ、そんなことないですよ。被害妄想なんじゃないですか？」

掴まれた手から、彼の温もりが伝わってきて、ひどく落ち着かない。

「しらを切るつもりか？　ヒカリが寝入った後、私がどんな思いで欲望を堪えたと思う？　こんな苦行が、果たしてこの世にあるのかという思いだったぞ。だが、同時に、最愛の人をこの腕に抱き、今まで味わったことがないくらいしあわせだった」

「や、やめてください……！　あれは私が悪いんです。殿下に誤解させるような振る舞いをしてしまって、申し訳ありませんでした」

故意に他人行儀に『殿下』と呼び、光凜は淡々と頭を下げて謝罪する。

「何度も言っている通り、あなたと結婚はできません。それは変わりません」

「本当に私が疎ましいなら、なぜそのようにつらそうな顔をする？」

必死に平静を装い、ポーカーフェイスを保っているつもりだったのに、そう指摘され、光凜は表情を歪める。

「……つらそうな顔なんか、してませんっ」

思わず叫ぶと、アイザックもその秀麗な眉をひそめる。

「だから、私はそなたをあきらめきれぬのだ……」

「手を……離してください……っ」

振り払おうとしても、力では敵《かな》わない。

「頼むから……もうこれ以上私を苦しめるな……」

そして息も止まるほど強く抱きしめられ、耳元でアイザックが呻く。

それは、こちらのセリフだ。

無理を言っているのはあなたの方だと抗議してやりたかったが、アイザックの体温に包まれてしまうと、なにもかもどうでもよくなってしまう。

いっそこのまま、彼にすべてを委ねたくなってしまう。

光凜がなすがままにされていると、アイザックが顔を上げ、そっとその頬を大きな両手で包み込んできた。

「ヒカリが何者であっても、かまわない。ヒカリを愛している」

いけない、拒まなければ。逃げなければ。

頭ではわかっているはずなのに、身体は動かない。

そう、自分もまた、彼を欲しているのだ。

最初は軽く触れるだけの、ぎこちない口づけ……。

だが、やがてそれは次第に激しさを増し、深くなっていく。

「は……ん……っ」

「ヒカリ……っ」

生まれて初めてのキスで、頭の中は真っ白になってしまい、なにも考えられない。

ただ、無意識のうちにアイザックの背に両手を回し、光凜も必死にその口づけに応えていた。

いつしか壁に背を押しつけられ、何度も何度も唇を交わす。

はっと我に返り、逃げようとするとアイザックがそれを許さず追いすがり、また流されてしまう。

いったい、どれくらいの時間が経っただろう。

ほんの一瞬だったのかもしれないが、光凜にとっては永遠のように長く感じられた。

このままではいけない。

身体に触れられてしまったら、万事休すだ。

必死に理性を取り戻し、最後の手段で光凜は彼の舌に軽く歯を立てた。

唇を嚙めばテレビなどで傷が映ってしまい、なにを言われるかわからないと、そこまで考えての決断だった。

舌を噛まれたアイザックもびくりと反応し、ようやくキスから解放してくれる。

ここが一世一代の、大芝居の見せどころだ。

光凜はわざと蔑みの表情を浮かべ、微笑む。

「夢中になってるとこ申し訳ないんですけど、味見して気が済みました？　夫婦生活にセックスの相性って大事ですもんね」

「ヒカリ……？」

「私達、相性悪そうってわかってよかった。よけいその気がなくなったんで、もう二度と私に触れないでください」

冷たく言い捨て、光凜はそのまま部屋を出た。

行くあてがないので、急いでエレベーターに乗り、ロビーに向かう。

人目の多いところに行ってしまえば、アイザックが追ってこられないとわかっていたから。

夜のホテルのロビーは昼間より落ち着いた雰囲気で、光凜は外へ出る。

歩き出して少しすると、それまで必死に保っていた緊張の糸が切れ、思わずその場にへたり込みそうになってしまった。

危なかった。

あのままだったら流されて、キス以上のことすら望んでしまいそうな自分が恐ろしかった。

――これでよかったんだ、これで……。

一人涙を堪え、光凜はあてもなくただ夜道を歩き続けた。

◇　◇　◇

アイザックの帰国まで、あと五日。

翌朝はテオが朝食を呼びに来ても体調が悪いと断り、鍵をかけた部屋から一歩も外へ出なかった。

できれば、このままアイザックには会わずに姿を消したい。

そう思っていたところ、

『光凜さん！　ついに見つけましたよ！』

昼近くになってかかってきた早瀬からの電話は、ようやく例の女性を発見したというものだった。

「ちょうどいいタイミングでした。今、テオさんに報告してきます。幸い、殿下のお戻りはまだですので、今のうちに光凜さんは、すぐ出られるように準備しておいてください」

「……わかりました」

このまま自分が消え、本物の『運命の女性』が登場すれば、万事丸く収まる。

光凛は努めて平静を装い、言われた通り荷物をまとめ始めた。

だが、スーツケースに手当たり次第洋服を詰め込みながら、脳裏によみがえるのは、アイザックと過ごした思い出ばかりだ。

人生初の立ち食い蕎麦を、楽しそうに啜っていた彼。

晩餐会での、正装した姿の凛々しい彼。

秋葉原デートで、手を繋いで歩いた彼。

そして、アパートで共に楽しいディナーを過ごした彼。

さまざまなアイザックの表情とその笑顔が思い出され、胸が締めつけられる。

あの人から、離れたくない。

寂しい、つらい、苦しい。

どうにかなってしまいそうだ。

――バカだな、もう決めたことじゃないか。

アイザックのしあわせのために、こうするしかないのだから。

アイザックからプレゼントされたネックレスやロードバイク、それにドレスや振袖も、こんな高価な品はもらえないので、すべて置いていくことにする。

急いで荷物をまとめ終えると、タイミングよく早瀬が迎えに来た。

――さよなら、アイザック。

ホテルを後にし、早瀬が用意した車に乗り込む。

マリアにも一言別れを告げたかったが、それはできないのでやむを得なかった。

「これから東京駅《とうきょうえき》へ向かいますので」

「どこへ行くんですか？」

「軽井沢《かるいざわ》にある貸し別荘です。殿下が帰国されるまでの間、念のため東京を離れて、そちらで身を隠していてください」

アイザックが帰国するまでの五日間。

都内を離れてしまえば、さすがにアイザックもあきらめるだろうと早瀬とテオは考えているようだ。

しばらく走ると、タクシーの車内で光凜のスマホが鳴り始めた。

見るとアイザックからだったので、動揺しつつも無視する。

すると今度は早瀬のスマホが鳴り、彼が応答してから「殿下が、光凜さんと話したいとおっしゃってますが、どうします？」と聞いてきた。

さっそくテオが、例の女性の件を伝えたのだろう。

だが、まだ光凜がホテルを引き払ったことまでは知らないはずだ。

「どうしますか？」

「……出ない方が不自然で怪しまれるので、出ます」

これが最後だから、と光凛は電話に応答する。

「……もしもし」

『ヒカリか？　なぜ電話に出ない？　今どこにいる？』

「……どこにいても、あなたには関係ないと思います」

『テオから、ご神託の本物の女性が見つかったと連絡があったが、どういうことだ？』

「……今まで黙っていて、すみませんでした。最初に手違いがあって、私は本物の方が見つかるまでの場繋ぎだったんです。ご神託にも人違いってあるんですね」

極めて軽くそう告げると、アイザックはかなりショックを受けているようだった。

『ヒカリ……これはなにかの間違いだ』

「いいえ、あなたの運命の伴侶は、私じゃない。ようやくはっきりしたでしょう？　お別れです」

努めて淡々と告げ、光凛は声が震えるのをアイザックに悟られないよう気を張る。

「さようなら。もう二度とお会いすることはありません」

『待ってくれ、ヒカリ……！』

アイザックが話しているのを遮り、一方的に通話を切る。

そして、電話の電源を落として早瀬に返した。

「殿下がまたかけてきそうなので、しばらく電源切っておいてください」

「わ、わかりました」

メールアドレスや番号も知られているので、自分のスマホの電源も落とす。

「それから、殿下にいただいた品は部屋に置いてきたので、お返ししておいてください。早瀬さんが用意してくれた服やアクセサリーにも、もしかしたら殿下が仕込んだGPSがあるかもしれないので、すべてそちらで処分してください」

「ええっ⁉ 殿下、そんなことをなさっていたんですか？」

念のため、途中で若者向けのショップに寄ってもらい、上から下まで着替え、ホテルの部屋にあったものはすべて早瀬に返した。

数日分の着替えも男性物で用意してくれたので、その荷物を持って久しぶりに男性の姿に戻った光凜は東京駅から北陸新幹線へ乗り込む。

道中、早瀬からお相手の女性の話を聞かされた。

彼女は西野真衣《にしのまい》という看護師の女性で、自分がアイザックの花嫁候補に選ばれたと知って大層驚いていたそうだ。

「幸い独身の二十五歳で、以前からイケメンプリンス特集などでアイザック殿下のことをご存じで、ひそかにファンだったらしいので、もう二つ返事でご了承いただけました。いやぁ、これで僕もようやく肩の荷が下りましたよ」

「そうですか、よかったですね」

「これもすべて、光凜さんが時間を稼いでくれたおかげです。就職の件は期待していてくださいね！」

早瀬に言われ、ようやくそのことを思い出す。

そうだった。

あれほど望んでいた夢への第一歩がこれで叶うというのに、なぜか一向に嬉しさは込み上げてこず、いつのまにか自分でも驚くほどどうでもよくなっていた。

電車での移動の後、最寄り駅からタクシーで約十五分。

ようやく到着したのは、観光地となっている繁華街からは少し離れた別荘地だった。

ログハウス風の、小ぢんまりとしたロッジで、山の中に同じような建物があちこち点在しているが、一軒一軒に距離があるので、ほかの滞在者達とは顔を合わせることもなさそうだ。

「近くの街までは、自転車で三十分くらいだそうです。食料は、とりあえず当座の分は冷蔵庫に入っていますが、足りないようでしたら管理人に頼んでください」

車の免許がない光凜のために、早瀬は移動用にレンタルのロードバイクを用意してくれていた。

だが、今はロードバイクを見るとどうしてもアイザックにプレゼントされたものを思い出してしまい、光凜の気持ちはさらに落ち込む。

「この辺りを走るのはいいですが、殿下が帰国するまでは絶対都内には戻らないでくださいね。五日後、またお迎えにあがりますので」

なにかあったら電話してくれと言い残し、早瀬は慌ただしく東京へ戻っていった。

見知らぬ場所でぽつんと一人になると、言い知れぬ寂しさが襲ってくる。

このところずっと、常に誰かがそばにいたせいかもしれない。

——変なの。今まではアパートで、いつも一人だったのに。

人間というのは、こんなに短期間のうちに新しい環境に馴染んでしまうものだろうかと苦笑する。

着いて一日目と二日目はなにもする気になれなくて、光凜はただひたすら別荘にこもって時間が経つのをぼんやりと待った。

早く、アイザックが帰国してしまえばいい。

そうすればあきらめがついて、この寂しさや苦しさも終わるだろうから。

冷蔵庫の中の食材を適当に調理し、遅めのブランチを摂りながらテレビを点けると、ワイドショーではアイザックの特番を組んで放映していた。

「さて、それでは来日して日本で花嫁探しをされていた、噂のアイザック殿下の速報です」

「お、いよいよですか。例のご神託によって、プリンスは運命のお相手と巡り会うことができたのでしょうか。気になりますねぇ」

司会のアナウンサーにコメントを振られ、芸能レポーターの男性が話し出す。

「そうなんです。我々も総力を挙げて取材しているんですが、お相手の情報は極秘扱いで、プロフィールはいまだ一切非公開なんですよ。ですが、プリンスは予定通り、あと三日でアルトラニアに帰国されるとのことなので、お相手の方はもう見つかっていると思われます」

「それでは、帰国前には大々的に未来のプリンス妃の発表をされるおつもりなんですかね」

「もしご成婚となれば、日本人がアルトラニア王家に嫁ぐのは初めてのことだそうで、おめでたい話題になりそうですね」

そこまで見て、光凜はテレビの電源を切った。

――まだ、真衣さんの情報は公開してないのか。

早く公表されれば、安心できるのだが。

そこまで考え、光凜は慌てて首を横に振る。

もう考えるのはよそう。

この先は、自分にはなんの関係もないことなのだから。

ここで初めての優雅な別荘生活を数日楽しみ、アイザックが帰国したら、また元のバイト三昧の生活に戻るだけだ。

そう自分に言い聞かせても、胸にぽっかりと空いたような虚無感は、光凜を苦しめた。

二日閉じこもるとすっかりそれにも飽きてしまい、暇ですることがないので、光凜は貸してもらったロードバイクであちこち山の中を走り回った。

山から下りれば、近くに舗装されたサイクリングロードもあり、快適だ。

すっかり観光地化している、一番近い街まで出ては、名物のB級グルメを立ち食いしたりして楽しむ。

そしてゆっくりと時は過ぎ、いよいよ明日はアイザックの帰国日となった。

ワイドショーでは、今日の午後には結婚相手のプロフィールが公表されることになっていると予告していたが、それを見たくなくて、光凜はパーカーにダウンベスト、デニムという軽装で別荘を出た。

ロードバイクで軽く山道を走ってから街へ下り、ランチに名物の蕎麦を食べた後、ロードバイクを引きながらソフトクリームを囓《かじ》る。

ああ、駄目だ。

なにをしていても、考えるのはアイザックのことばかりで、自分でもどうしようもない。

駅前のロータリーをぼんやり歩いていると、外国人観光客の集団が構内からぞろぞろと出てきて、その中に金髪で長身の男性がいたので、ドキリとする。

一瞬アイザックかと見間違えてしまったが、もちろん背格好が似ている別人で、ほっとすると同時に光凜はひどく落胆した。

――バカだな、こんなとこにアイザックがいるはずないのに。

きっと今頃は、帰国前の会見準備で忙しいに違いない。

そして、あの女性との仲睦まじいツーショット姿を日本国民の前に見せるのだろう。

そう考えると、それまでずっと堪えていた涙がぽろりと零れてしまった。

「……会いたいよ、アイザック」

結婚するとかしないとか、そんなことはどうでもいい。

ただひたすら、彼に会いたかった。

無意識のうちに、そう呟いてしまうと。

「私もだ、ヒカリ」

耳に届いたのは、忘れようとしても忘れられない、みごとなバリトンヴォイス。

「……嘘……」

まさか、そんなこと、あるはずがないと光凛は恐る恐る振り返る。

すると、そこに立っていたのは、例の黒髪のウイッグをつけ、サングラスをかけて変装したアイザックだった。

「な、なんでこんなとこにいるんですか……⁉」

あまりに驚いたせいか、一瞬で涙が引っ込んでしまう。

荷物はすべて置いてきたはずだったが、もしかして身体のどこかにＧＰＳを埋め込まれたのかとすら考えてしまった。

だが、光凜の驚愕をよそに、アイザックはいつものように泰然と言った。

「愛の力だ！」

「……いやいや、それ無理がありますよね？　ほんとはなにしたんですか⁉」

光凜がさらに追及すると、アイザックは不承不承といった様子で白状する。

「今回ばかりはハヤセも頑固でな。私を避けて逃げ回るので、捕まえるのに手間取った。それから宥めすかしたり圧力をかけたりして、ヒカリの居場所を吐かせるのも時間がかかったので、迎えに来るのが遅くなってしまったのだ」

「は、早瀬さんが口を割っちゃったんですか⁉」

確かに自分の居所は早瀬しか知らないので、それ以外に考えられないのだが。

——あの、天然ドジっ子官僚め……！

これではどこに隠れようと徒労ではないか、とあきれる。

「若干テオの力を借りたが、二人で部屋にこもっていたのでその後どうしたかは聞かぬことにした」

「……あ、それ聞かない方がいいパターンですね」

いったいどんな方法で懐柔されてしまったのか、早瀬が気の毒で聞けない。

「そういうわけで待たせたな、迎えに来たぞ」

至極当然のごとく言われ、光凜は狼狽する。

「あ、明日帰国なんでしょ？　花嫁候補との記者会見はどうしたんですか⁉」

「花嫁候補？　ああ、ハヤセが後から連れてきた女性のことか。彼女には事情を説明して、丁重にお引き取り願った。マリアにも私の気持ちを伝えたら、納得してくれたぞ。宰相を説得して昨日帰国した。ヒカリによろしくと言っていた」

「マリアさんまで……？」

そしてアイザックは、正面からまっすぐ光凜の瞳を見据え、言った。

「私が生涯の伴侶に望むのは、ヒカリ、きみだけだ」

これ以上はないくらいのストレートで真摯なプロポーズに、胸が一杯になり、いったんは収まっていた涙が溢れそうになる。

その言葉だけで、自分は彼の思い出だけを抱え、この先の人生を生きていけると思った。

だから、アイザックにはしあわせになってもらいたい。

自分が彼をしあわせにできなかった分まで。

「……早瀬さんから、事情を聞いたでしょう？　ご神託は間違いだったんです」

と、光凜は観念して両手を広げて見せる。

「見てわかるでしょ？　俺、男なんです。ずっと騙してて、すみませんでした。謝って済むことじゃないけど……」

「ヒカリ……」

「どうしてあなたとは結婚できないのか、これで納得してもらえましたか？　もっと早く本当のことを言えばよかった。振り回してしまって、本当にごめんなさい。テオさんから聞きました。ご神託のやり直しをしてもらって、どうかしあわせな結婚をしてください」

アイザックに軽蔑の眼差しを向けられることに耐えられず、光凜はロードバイクに跨がり、その場から逃げ出す。

「待て、ヒカリ！」

その声を無視し、駅前のロータリーを回りながらちらりと振り返ると、驚いたことにアイザックは駅前に並んでいた観光用のレンタルサイクル店の店員に強引に紙幣を押しつけ、そのうちの一台に乗って後を追ってきた。

——う、嘘だろ……⁉

まさか自転車で追ってくるとは思わず、混乱した光凜は速度を上げ、引き離しにかかる。

こちらは一応高性能のロードバイクで、最高速度は六十キロ近く出る代物だ。

かたや、アイザックが借りたのは観光用クロスバイクで、そうスピードが出るタイプではなかった。

がむしゃらにペダルを踏み、速度を上げ、もう振り切っただろうと振り返って確認すると、アイザックはまだついてくる。

「マジかよ……」

こんなに機種の性能差があるのに。

おまけに自分はかなり日頃から走り慣れているが、普段自転車など乗らないであろうアイザックにとっては相当きついはずだ。

「……なんでついてくるんだよ⁉　いい加減、東京へ帰れよ！」

わざと振り返らず、乱暴にそう言い捨てると。

「ヒカリと一緒でなければ、帰らない……！」と途切れ途切れの返事があった。

「この、わからず屋……！」

道は山道に入り、かなり勾配のある上り坂になっていた。

ムキになった光凜は立ち漕ぎで、一気にアイザックを引き離しにかかる。

もういい加減あきらめただろうと振り返ると、だいぶ遅れてはいたが、アイザックはまだついてきていた。

「……なんなんだよ、もう……」

男だとバラしたのに。

結婚できない、本当の理由を知ったはずなのに。

なのになぜ、彼はまだ食い下がってくるのだろう……？

はぁはぁと荒い呼吸をつきながら、光凜は自分もふくらはぎがわずかに痙攣《けいれん》し始めたことに気づく。

もう、かなりの距離を走ったので無理もない。

アイザックも相当疲れているのではないか?

これ以上彼の身体に負担をかけたくなくて、光凜は速度を落とした。

すると、それに気づいたアイザックが、最後の力を振り絞るかのように立ち漕ぎで追いついてくる。

どこまでもついてくる彼に腹を立て、光凜は車道から逸れ、近くにある山道に自転車を乗り入れ、降りる。

そして、息を切らしながら同じように自転車を降りたアイザックを睨みつけた。

「……なんで? 俺、男だって言ったのに、どうしてそこまでムキになるんだよ……? 騙してたこと、土下座して謝ったら許してくれるの?」

すると、アイザックも両肩で荒い息をつきながら、答える。

「ご神託に、男も女も関係ない」

「……え?」

どういう意味か気になり、棒立ちになる光凜を、自転車を放り出したアイザックが駆け寄り、抱きしめてくる。

「やっと……摑まえた……っ。もう追いかけっこは終わりだ」

途切れ途切れにそう呟くと、彼がいきなり膝の力を失ったようにその場にくずおれそうになったので、光凛が咄嗟にそれを支える。

「だ、大丈夫⁉」

「大丈夫ではない……肺が焼き切れそうだ」

「な、なに妙な意地張ってるんだよ。大体、追いかけるならタクシー使えばいいだろ」

違う、言いたいのはこんなことじゃないと唇を噛み、光凛は故意に迷惑げに吐き捨てる。

すると、アイザックはなぜか微笑んだ。

「楽をして追いかけては……私の本気がヒカリに伝わらないと思ったから……自転車で追いかけた。ははは、明日は筋肉痛を覚悟せねばならんな」

その返事に、必死にあきらめよう、忘れようとしていた努力を無にされた気がして、よけいに腹が立つ。

「なんで……⁉　あなたなら、どんな素敵な美女でも才媛でも、いくらでもふさわしい相手が見つけられるのに、そんなにご神託って守らなきゃいけないものなの⁉　理解できない……！

第一、俺は人違いだったのに！」

感情を乱し、叫ぶ光凛を、アイザックは宥めるようにそっとその髪を撫でてくる。

「確かに、私達が出会ったのはご神託がきっかけだが、それだけではない。私はヒカリに出会い、これ以上はないくらいに、恋をしたのだ」

「アイザック……」

彼に触れられてしまえば、その懐かしい温もりに負けてしまいそうになる。

「何度でも言う。男でも女でも、地底人でも宇宙人でもかまわない。ヒカリが欲しい。一生大切にする。だから……どうか私と結婚してほしい」

「アイザック……」

まさか男だと知った上で、さらにプロポーズされるとは思わなかった光凜は、あまりの驚きに硬直してしまう。

「で、でも男同士で結婚は……」

「我が国では十数年前から、同性婚も法で認められている。問題ない」

「そうなの……？」

ネットでざっとアルトラニアの情報を検索してみたが、そこまでは調べていなかった光凜には初耳だった。

はなから、男の自分がアイザックと結婚できるという発想自体がなかったせいだろう。

「で、でも！　王室の人が同性婚って反対されるだろ？　跡継ぎは生まれないわけだし」

「直系ではないが、過去に同性婚を果たした王族は存在する。すべては些末《さまつ》なことだ」

「いや、些末じゃないし……」

「ほかに言いたいことは？」

「え、えっと……俺、外務省への就職を餌につられて、あなたのこと騙してたし……」

「そんなことも、どうでもいい」

「う……」

逃げ道を用意周到に塞がれ、光凛は進退窮まった。

「ヒカリ……」

そんな光凛の迷いにつけ込むかのように、アイザックがそっとその端正な美貌を近づけてくる。

「嘘……そんな……」

「嘘じゃない。これは現実だ」

「俺、男なのに……」

「それは些末なことだと言っただろう」

いや、ぜんぜん些末じゃないと思ったが、もう、拒めない。

そして光凛は、アイザックの唇を受け止めていた。


そこから先は、もう夢中だった。

二人は光凜の道案内で自転車を飛ばし、光凜が滞在している貸し別荘へと戻る。

鍵を開け、玄関を閉めるなり、もう待ちきれないというようにアイザックに再び抱き竦められた。

互いに言葉には出さないが、求めていることは同じだった。

とはいえ、光凜はこうした経験がないので、いざこの場になると今さらながら緊張してくる。

「待って……走って汗掻いちゃったから、シャワー浴びたい」

「いやだ、待てない」

「我が儘言うなら、しませんよ？」

平静を装い、そう切り返すと、アイザックは「……なら、一緒に浴びよう」と言い出した。

恥ずかしかったが、もう後へは引けず、そのまま着ている服を脱ぎ散らかしながらバスルームへと急ぐ。

バスルームでするのはいやだと釘を刺しておいたので、アイザックは「では最速で出るぞ」と妙な宣言をしつつも、光凜の全身を丁寧に洗ってくれた。

自分でやるからと抵抗したが、「ヒカリの条件を呑んだのだから、私の好きにさせろ」と敢えなく却下されてしまった。

「美しい身体だ……筋肉が締まって均整が取れていて、無駄な肉がない」

「は、恥ずかしいから、あんまり見ないで……っ」

「それも却下だ。私をどれほど待たせたと思っている?」

シャワーの下で降り注ぐ水滴に負けないくらい、アイザックのキスが降ってくる。

短時間だったのにすっかりのぼせたようになってしまった光凛を、アイザックがバスタオルでくるみ、軽々と抱き上げて寝室のベッドへ運ぶ。

「ほ、ほんとに……するの? アイザック、男の人との経験ないいんだよね……?」

「ない。だがヒカリとなら大丈夫だ」

と、妙に自信満々に宣言するので、本当かなぁと思ってしまう。

もし彼が自分の身体を見て萎えてしまったら、立ち直れない。

そんなことを、頭の片隅でぼんやりと考えていたのだが、どうやらそれは杞憂《きゆう》だったようだ。

「ヒカリ……っ」

普段の貴公子然とした趣とは裏腹に、頭から食べられてしまうのではないかという勢いでアイザックが求めてくる。

ぎこちなくキスに応えているうちに、光凛の身体もすぐに暴走し始めてしまう。

「なんかもう……どうしよう……っ?」

こんなの、初めてで。

まるで自分の身体でなくなってしまったかのように、コントロールが効かない。

すると、アイザックが光凛の汗に濡れた前髪を優しく搔き上げてくれた。

「大丈夫だ。好きな人となら、誰でもこうなる」

「……ほんとに？」

「まったくヒカリは可愛くて困る。こんなに私を夢中にさせて、いったいどう責任を取ってくれる気だ？」

「そ、そんなこと言われても……っ」

こっちだって困る、と抗議したかったが、再びアイザックに唇を塞がれてしまい、叶わなかった。

アイザックに丹念に愛撫《あいぶ》されるうち、まだ触れられてもいないのに、ふと気づくと屹立ははしたないほど勃ち上がってしまっている。

思わず隠そうとするより先に、アイザックがそれを封じ、戯《たわむ》れるように指を絡めてきた。

「ヒカリはこんなところまで初々しく愛らしい。まるで果実のようだ」

「そ、それって褒め言葉？」

「食べてしまいたいくらい可愛いということだ」

と、アイザックはためらいもなくそれを口に含む。

「ひ……ぁ……っ」

巧みに舌先で愛撫され、生まれて初めて味わう強烈な快感に、光凛は喉を反らせる。

「駄目、それ……っ……すぐイッちゃうから……ぁ……っ」

「何度でもイケばいい。ぜんぶ見ていてやる。ヒカリの可愛いところはぜんぶ見たい。見せてくれるな……？」

囁かれ、光凜は恥ずかしさを堪え、こくりと頷いた。

恥ずかしかったけれどアイザックが望むなら、自分にできることはなんでもしてあげたいと思ったから。

「あ……ぁぁ……っ！」

あっけなくアイザックの口の中で弾けてしまい、光凜は狼狽える。

「ごめんなさい……っ、ここにペッして！」

慌てて枕元のティッシュを数枚取って差し出すと、アイザックに笑われてしまった。

「ヒカリの蜜《みつ》は甘かったぞ」

「……それ、絶対嘘だよね？」

このままでは引き下がれない、と光凜も腹を決める。

「俺も……するっ！」

「無理はしなくていい」

「したことないから下手だと思うけど……したいんだ」

と、おずおずアイザックのそれに手を触れる。

改めて、雄々しく勃ち上がったその大きさに、思わずごくりと唾を飲む。

男の自分の身体を見ても、萎えずにいてくれるのは嬉しいけれど。

だが果たして、こんな大きなものが自分の体内に収まるのだろうか？

物理的に無理ではないのか？

そんなことを考えながら両手に握り込み、アイザックの真似をして口に入れてみる。

が、大き過ぎてなかなかうまくいかず、ちろちろと舌で舐めていると。

「ヒカリ……気持ちは嬉しいが」

突然アイザックに抱き上げられ、シーツの上に押し倒された。

「なに？　どうしたの？　いやだった？」

「違う。もう、我慢の限界だ……っ。ヒカリと一つになりたい。いいか……？」

改めて問われ、光凜も覚悟を決める。

「……いいよ」

そこから先がまた、いろいろと大変だった。

あられもない格好で奥の蕾を暴かれ、ゆっくり時間をかけてアイザックの指を三本受け入れられるようになるまでには、息も絶え絶えになっていた。

もう死にそう、と思っているのに、身体は再び高ぶり、今にも弾けてしまいそうだ。

ようやく準備が整うと、アイザックがゆっくりと入ってきた。

「ひ……ぁ……っ」

想像以上の圧迫感に、思わず小さな悲鳴が漏れてしまう。

「大丈夫だ、ゆっくりするから。力を抜いて」

「ん……っ」

アイザックの両肩にしがみつき、必死に喘いでなんとか彼を受け入れようと努力する。

途中、何度か体位を変え、最終的にアイザックの膝の上に乗る対面座位に落ち着いた。

「これ、ほんとにアイザックのぜんぶ入ってるの……?」

「ああ、最高に素敵だよ。このままずっと、永遠にこうしていたい」

「それ、俺の身体保たないから……っ」

互いに息を弾ませながら、唇を啄み合う。

この体位だといくらでもアイザックとキスできて、いい。

本当はずっとこうしてじゃれていたいけれど、あまりに興奮していたので、限界は瞬く間にやってきてしまった。

「ヒカリ……っ」

「アイザック……あ……ぁぁ……っ!」

尾を引く嬌声と共に、光凛が華奢な喉をのけぞらせる。

初めての夜の名残を惜しみながら、二人は互いを貪り合い、共に目も眩むような絶頂を迎えたのだった。

「あのさ……アイザックのご家族、俺が男だと知ったらがっかりするよね……？」

嵐のような激情が去った後。

ずっと胸に抱えていた不安を、光凛はベッドの中で思い切って口にする。

ご神託を受けた時点では相手の詳しい情報はわからないらしいので、国王一家はアイザックの相手は女性だと思っているだろう。

すると、アイザックが心配するなというように光凛の肩を抱き寄せる。

「さきほども言ったが、アルトラニアでは、既に同性婚が法的に認められていて、世間にもその認識が浸透している。性の多様化を認め、さまざまな愛の形があることを皆が尊重しているのだ。心配ない」

「でも……」

兄の王太子がいるとはいえ、アイザックは現在王位継承権でいえば第三位になる。

万が一王太子とその息子になにかあった場合は、次期国王になる人だ。

当然、跡継ぎが得られる女性との結婚を望まれているだろうと思うと、一時は感情に流されてしまったものの、どうしても尻込みしてしまう光凛だった。

その話をすると、アイザックは「仮に父から王位を継いだ兄と甥になにかあり、私が王位を継いだとしよう。私の後にはまだ弟がいるし、弟に子もできるだろう。そこまで心配していたら、なにもできなくなるぞ」

そう光凛を宥めると、アイザックはガウンを羽織り、ベッドから出てなぜか近くの椅子に脱ぎ捨てた自分のコートのポケットを探って戻ってくる。

「ヒカリ、私はご神託に従っただけではない。私自身が心から望んでヒカリを伴侶に迎えたいのだ。不安なこともあるだろうが、ヒカリのことは私が全力で守ると約束する。だから、どうか私と結婚してほしい」

「アイザック……」

床に片膝を立てて恭しく跪き、アイザックは懐から取り出したリングケースを開けて見せる。中には、小粒ダイヤモンドが一周ぐるりと埋め込まれたプラチナの指輪が入っていた。

「これ……」

光凛も急いで裸の上にガウンを羽織り、裸足で彼の前に立つ。

「ヒカリに出会ってすぐ、本国のジュエリーデザイナーに頼んでヒカリに似合いそうな指輪を作ってもらった。やっと昨日届いたところだ。急ぎだったので、とりあえずのエンゲージリングだ。結婚指輪は、また改めて二人で選ぼう。つけてくれるか？」

ようやく光凛を我が物にしながら、それでもこのプロポーズを断られるのではないかという一抹の不安を覗かせつつ、アイザックが光凛を仰ぎ見る。

その美しい碧玉の瞳に見上げられ、もう本心を誤魔化すことはできなかった。

「……ほんとに、俺でいいの？」

「もちろんだ。ヒカリでなければ駄目だ」

アイザックの言葉に、光凛は大きく深呼吸する。

生まれ育った日本を離れ、慣れない異国で暮らすのはそれなりの苦労があるだろう。

アイザックはこう言ってはくれるが、アルトラニアの国民は外国人で、しかも男性である自分を受け入れてくれないかもしれない。

けれど、そんなさまざまな苦労を乗り越えてでも、アイザックと共に生きていきたい。

それが光凛の願いだった。

「はい……っ、謹んでお受けします」

「……本当か？」

嬉し涙で声が詰まってしまい、光凛は代わりに何度も頷いてみせる。

すると、初めは信じられないといった様子のアイザックだったが、やがてがばっと立ち上がり、「やった……！」と一声叫んだ。

そして、いきなりガウンを羽織っただけの光凛を抱き上げると、軽々と左右に振り回し始める。

「ちょ、ちょっと⁉　アイザック⁉」

「やった！　やったぞ！」

かなりテンションの上がっているアイザックが、光凜を下ろして問う。

「そうと決まれば、善は急げだ。ヒカリ、ここにパソコンはあるか？」

「え？　う、うん。早瀬さんが使っていいって言ってくれてるのがあるけど」

いったいなにが始まるのかとあっけに取られているうちに、アイザックはどこかへ電話をかけ、自らパソコンのウェブカメラをセッティングし始めた。

「なにするの？」

「ヒカリに、私の家族を紹介する。こちらは夕方で、アルトラニアは今、夜の十一時だから、なんとか全員捕まったぞ」

「え、ええっ⁉　今すぐ？　ちょっと待って！　俺、服着てないし髪ボサボサだよっ」

仰天したヒカリは、バスルームへと駆け込み、急いで服を着て身だしなみを整える。

戻ると、アイザックもシャツにデニムだけは身につけたようだ。

「準備はいいか？」

「……うん」

リビングにノートパソコンをセット完了し、大きく深呼吸し、光凜は腹を決める。

光凜の気が変わらないうちに、家族と宮廷占術師のタマラを紹介したいとアイザックが言い出し、急遽ネットでの対面がセッティングされてしまったのだが、ベッドを共にしたにも関わらず、そうアイザックが考えるほど不安な思いをさせていたのだと申し訳なく思い、了承した光凜だ。

とはいえ、内心ドキドキしながらパソコンのウェブカメラの前にアイザックと並んで座る。

すると回線が繋がり、画面にはアルトラニアの王宮にいる国王夫妻、それにアイザックの兄弟である長兄のアーロン、三男のクレイグとアイラが映し出された。

「皆、急に時間を作ってもらってすまない。一刻も早く、私の運命の伴侶を紹介したかった」

そう前置きし、アイザックは光凜を紹介する。

「光凜です。初めまして」

緊張したが、英語でそう挨拶すると、まずアイザックの妹、アイラが人懐っこい笑顔で画面に向かって手を振ってくれた。

アイザックに見せてもらった写真の通り、かなりの美少女だ。

『ヒカリ、会えて嬉しいわ。アイザック兄様、とっても素敵な方ね』

「そうだろう、なにせ出会った瞬間に一目惚れだったたからな」

「ア、アイザックってば……」

家族の前だというのに清々しいほど堂々と惚気るアイザックに、光凜は耳まで赤くなる。

『初めまして、お目にかかれて嬉しいですわ、ヒカリさん』

次に王妃が、そう声をかけてくれる。

五十代なかばと聞いていたが、とても年齢には見えない美しさと若々しさだ。

緩やかなウェーブを描く金髪とブルーアイの持ち主で、アイザックは彼女に似たのだなと光凛は思った。

国王と長兄、それに三男は茶褐色にグリーンアイ。

王妃とアイラ、それにアイザックが金髪のブルーアイである。

王族には容姿端麗の者が多いと聞くが、アイザック一家も全員美形揃いのきらびやかさなので、それだけで圧倒されてしまう。

すると、今度は長兄が口を開く。

『急だったので、私の妻と子ども達は間に合わなかったのだが、次はぜひ会ってやってほしい』

『僕の奥さんも紹介するよ!』

と、三男も割って入ってくる。

初対面だというのに、皆驚くほど気さくに接してくれて、光凛は嬉しかった。

「はい、ぜひお会いしたいです！　楽しみにしてます」

国王一家全員との挨拶が済むと、三男が椅子から立ち上がる。

『次はタマラを紹介するよ。二人のキューピッドだ』

彼がウェブカメラを手に移動し、別室のソファーに座っていた老婦人の前にセッティングする。

齢百歳を超えていると聞いていたが、黒いヴェールを頭から被り、目許だけ出している状態なのでその風貌は定かではない。

「タマラ様、ご無沙汰しております。タマラ様が探してくださった運命の伴侶に、無事巡り会うことができました。心から感謝します」

アイザックがカメラ越しに礼を言い、光凜も「初めまして、光凜と申します」と挨拶する。

するとタマラはじっと画面に映る光凜を見つめ、低い声でなにごとか呟いた。

訛りの強いアルトラニア語らしく、光凜には意味がわからない。

すると、アイザックが通訳してくれた。

「タマラ様が、『まさしくこの光り輝く星だ』とおっしゃっておられる。『ヒカリは将来、アルトラニアにさらなる繁栄と光をもたらす幸運の存在となるだろう』と。私には、『もう生涯二度と出会えぬ縁だから、決して離さぬように』と言われたので、もちろんそのつもりですとお答えした」

「俺が……？」

まさかそんなことを言ってもらえるとは思わなかったので、光凜は驚く。

それではアイザックの運命の相手はあの真衣ではなく、本当に自分だったというのだろうか
……？

にわかには信じられなくて、愕然としてしまう。

「なにを驚いているのだ？　私はヒカリに出会ったその瞬間から、そう確信していたというのに」

「アイザック……」

するると、今度は国王がカメラ前に現れる。

『王室での同性婚は一応前例があるが、それでもそれなりの困難はあるだろう。だが、アイザックからきみを深く愛していること、生涯添い遂げるつもりでいることを聞き、その並々ならぬ強い意志と決意を感じた。私達は全力できみ達を支えたい。どうかいつでも頼ってほしい』

その言葉は、光凛にとってなにより嬉しかった。

「皆さん、ありがとうございます。本当に……」

それ以上は胸が詰まって言葉にならず、光凛は必死に涙を堪える。

こうして、初めてのネット対面を無事果たし、アイザックは家族に別れを告げて通信を切った。

「はぁ……」

「どうした？」

「ううん、今さらだけど、すごい人と結婚するんだなぁって思って」

どうしても、自分などにこんな雲の上の人の伴侶が務まるのだろうかという気持ちが、またぞろ首をもたげてくる。

すると、アイザックが事もなげに告げる。

「なにを言う。ヒカリの前では、私はただの恋する一人の男だ。それ以上でも以下でもない」

「アイザック……」

そっと抱きしめられ、光凜はアイザックを見上げる。

「ほんとに、俺でいいの……?」

「今さら無粋な問いだぞ、ヒカリ。私にはヒカリが必要なのだ」

それが本当なら、こんなに嬉しいことはない。

最愛の人の温もりに包まれながら、光凜は生まれて初めて味わう幸福感に満たされていた。

「これから一緒に東京に戻ろう。なに、大丈夫。テオには、私がこってり油を絞られれば済むことだ」

「お、俺も一緒に叱られるよ」

テオの恐ろしさに、一瞬神妙な面持ちになる二人だが、目が合うとぷっと吹き出してしまう。

「だが、恐らくテオは、私がヒカリを迎えに行くことを察していたと思う。それを敢えて見て見ぬふりをして行かせてくれたことに、感謝しているのだ」

「アイザック……」

確かに、あの切れ者のテオならばあり得るかもしれないと光凜も思う。

何度か彼を出し抜き、勝手な行動を取ったように見えるアイザックだったが、今回は彼の花嫁探しの旅ということであらかじめ大概のことは大目に見られていたようだ。

「結局、俺達最初からテオさんの手のひらの上で転がされてたってことなのかな？」

「そうだな」

微笑み合いながら、二人はひそかにテオに感謝したのだった。

◇　◇　◇

その日、アルトラニア王国の首都、ハルデイムでは朝から街中に祝福の鐘の音が鳴り響いていた。

「いよいよ今日はアイザック殿下の結婚式ね。楽しみだわ」

「ほんと。ご神託に従って、はるばる日本まで花嫁を探しに行かれていたんでしょう？　しかもそのお相手が男性だったのに、なんと殿下は一目惚れ！」

「ロマンティックよねぇ」

街を行く市民たちの声は、同性婚が施行されて当たり前のこととなっているアルトラニアでは、アイザックの選んだ伴侶が男性だったことへの抵抗感は思っていたより少ないようだ。

近々に、王室で同性婚の前例があったことも大きいだろう。

国民の反対がすごいのではないかという光凜の不安とは裏腹に、アルトラニアでは二人の婚姻は概ね好意的に受け止められていた。

ハルデイムにある王宮では、二人の結婚式のために中央広場が解放され、朝から大勢の人々が一目二人の晴れ姿を見ようと詰めかけている。

「うわ……すごい人……」

王宮の窓から数えきれないほどの群衆が見え、光凛は緊張のあまり青ざめる。

「ヒカリ様、こちらを向いてください」

メイク担当の女性に叱られ、鼻の頭をパフではたかれた。

「はい、完成です。とてもよくお似合いですわ」

「ほんと……?」

光凛は、恐る恐る姿見の前に立ってみる。

純白の婚礼衣装は、アイザックがそれこそ全勢力を注いで光凛に似合うものをと選び抜いてくれたものだ。

光凛も気に入っていたので、似合っていたら嬉しいなと思う。

と、そこへドアがノックされ、別室で仕度していたアイザックが入ってきた。

そして光凛の姿を見るなり、大きく両手を広げ、抱きしめてくる。

「思っていた通り、最高によく似合っている!　ますます惚れ直したぞ、ヒカリ」

「もう、大げさだってば」

あまりに手放しの賞賛にはにかみながら、光凛も「アイザックも素敵だよ」と小声で伝える。

アイザックの方はアルトラニア王族の正装で、濃紺の礼服の胸に勲章をつけて深紅のサッシェをかけ、凛々しい彼の美貌をますます引き立てている。

まさに、見惚れるほどの男ぶりだった。

これはテレビ中継を観た女性達が、さぞ騒ぐことだろう。

——ほんとに俺、こんな素敵な人と結婚するんだ……。

こうなった今でさえ、まだ夢の中にいるようなふわふわとした気分で、まったく現実味がない。

すると、アイザックが愛おしげにその頬に手を触れてくる。

「本当に素敵だ……ヒカリのご両親とお祖母様にも見せてさしあげたかった」

「アイザック……」

父のこと、母のこと、自分の今までの生い立ちは、既にすべて彼には話してある。

父の死で悪夢を見続けてきた光凛だったが、今は隣にアイザックがいるおかげでうなされることもほとんどなくなった。


あれから。

あれよあれよという間に話が進み、光凛は手続きのためにアルトラニアと日本を何度か行き来し、数ヶ月後にアイザックと入籍。

正式にアルトラニアへの移住を果たした。

王宮でアイザックと共に暮らすようになって、まだ間もないが、まずは結婚式でのしきたりや儀礼など憶えなければならないことが多く、まさにあっという間に今日が来てしまったというのが実感だ。

「なんか……ドラマの中の出来事みたいで、まだ信じられないよ」

光凜がかなり肩に力が入っているのを察したのか、アイザックがそっとその肩を抱き寄せる。

「緊張しているのか？」

「そりゃもう、かなりね……」

人に注目される状況に慣れているアイザックと違い、こんなに大勢の人々の前に晒された経験のない光凜には無理もないことだ。

「大丈夫だ、私がそばにいる」

「アイザック……」

すると控え室にはアイザックの家族や、式に参列するマリア達が訪れ、口々に二人を祝福してくれた。

「マリアさん……！」

日本ではお別れを言うことができなくて心残りだったので、再会できて光凜は嬉しかった。

「久しぶりね。後からヒカリが男の人だと知って、本当に驚いたわ。でもヒカリ以外の人にアイザック兄様は渡したくなかったからこれでよかったわ。二人とも、本当におめでとう」

「マリアさん……ありがとうございます」

父親の宰相を説得してくれたマリアにも、感謝の念が絶えない。

彼らが退室した後、いったん姿を消していたテオが戻ってきて、アイザックになにごとかを耳打ちした。

「さて、日本からサプライズゲストが到着したぞ」

「お客さん……？」

誰だろうと不思議に思っていると控え室のドアが開き、入室してきたのはブラックフォーマル姿の早瀬だった。

「ご結婚おめでとうございます！　アイザック殿下、光凜さん」

「早瀬さん……⁉」

まさか彼がわざわざ日本から駆けつけてくれるとは思っていなかったので、光凜は驚く。

「いやぁ、当時はどうなることかと思いましたけど、お二人が本当に結婚する運びになるとは夢にも思いませんでしたよ。あはは」

「……俺も、早瀬さんに振り回された日々が走馬灯《そうまとう》のようによみがえりますよ、あはは……」

と、光凜も乾いた笑いで応対する。

調子のいい早瀬にはすっかり振り回されてしまったが、なぜか憎めないところがある不思議な男なのだ。

「今日はしっかり撮影係を務めさせていただきますからね！」

「撮影係？」

「ええ、光凜さんのお祖母様に、今日の挙式の様子をあまさずお見せしたいからと、アイザック殿下に頼まれたんです」

光凜の祖母は腰痛の持病があり、長時間の飛行機での移動が身体に負担をかけるということで、残念ながら今日の挙式には参列できなかったのだ。

「ヒカリの晴れ姿を、お祖母様にどうしても見ていただきたくてな」

「アイザック……ありがとう」

彼の思いやりと優しさに、胸が熱くなる。

そして、この人と結婚できる自分は、なんてしあわせなのだろうと思った。

「近いうちに、ヒカリのお祖母様のところへご挨拶に伺うために、今ヒカリから日本語を習っているのだ。そのうち四カ国語目の日本語もマスターするぞ」

アイザックが、そう早瀬に報告する。

「それはすごいですね！」

もちろん光凜も、目下自己流だった英会話をさらに猛勉強中だ。

アルトラニアの公用語はアルトラニア語と英語なので、まずは英語を先にマスターする予定である。

するとそこでそれまで後ろに控えていたテオが早瀬に声をかけてきた。

「挙式の後は、私がアルトラニアをご案内しましょう」

「え……？　い、いいえ、そんなお手間をおかけするわけには」

すると、それまでにこやかだった早瀬は、なぜかテオがそばに近づいただけで挙動不審になり、顔を真っ赤にして視線を泳がせている。

「ご遠慮なさらず。あなたは日本からの大切なお客様なのですからね。この私が、丁重におもてなしさせていただきます」

「いや、でもあの……」

「殿下、ミスター・ハヤセに王宮を案内して参りますので、少し外します」

「うむ、ゆっくりしてきていいぞ」

「い、いやホントに僕は……光凜さ～ん！　助けて～！」

テオに連行された早瀬の悲鳴が、廊下へ出てからも聞こえてくる。

「……早瀬さんってやっぱり……。マジで、テオさんに食われちゃったの……？」

「ふむ、テオは帰国してからも、休暇のたびに日本へ行っているようだ。そんなにあの『テンネンドジッコ』官僚が気に入ったのか。まぁ、テオに口説かれて落ちぬ者はいない。あの二人はあれでしあわせなのではないか？」

と、アイザックは既に二人の仲を容認しているようだ。

「はぁ……厄介な人に好かれちゃったね、早瀬さん」

早瀬の保身と計算で女装させられ、振り回されはしたものの、ほんの少し彼に同情してしまう光凛だ。

「では、我々もそろそろ行こう」

「……うん！」

二人はそっと手を繋ぎ、控え室を出る。

挙式が執り行われる、王宮にある大聖堂前も、二人を祝福しようと大勢の国民が押し寄せている。

参列者は数百人にも及ぶ盛大な挙式で、ずらりと並んだ顔ぶれは世界各国から招待された王族や政治家達ばかりで、光凛の緊張はさらに高まってしまう。

大聖堂の鐘が挙式の開始を告げ、二人は開け放たれた重厚な扉の前に立つ。

深紅の絨毯《じゅうたん》が敷かれたヴァージンロードの先の祭壇では、数人の白衣の正装姿で神官達が控えていた。

彼らは年齢、性別もバラバラで、いずれも高い能力を評価されて古くから王国に伝わるアルトラニア占術を受け継いだ宮廷専属占術師達だ。

その中央にいるのは、占術長のタマラだった。

アイザックと光凜は顔を見合わせ、一歩、また一歩と歩調を合わせてヴァージンロードを進み、祭壇前へ辿り着く。

まずはタマラから、日本式で言えば祝詞のような祝福の言葉を授かり、荘厳な儀式が進む。

挙式のリハーサルは何度も行って、その手順は頭に叩き込んであるものの、それでも世界中のVIP達に注目されているというプレッシャーに押し潰されそうになる光凜だ。

無事、さしたる失敗もなく、儀式は滞りなく進み、宣誓と指輪の交換が行われた。

結婚指輪はプラチナで、二人で宝石店を訪れ、あれこれ迷いながら購入したものだ。

アイザックがそれを光凜の左手の薬指に嵌めてくれ、次に光凜が同じようにすると、晴れて二人の左手には結婚指輪が光る。

それを目にした瞬間、ああ、本当にこの人と結婚したのだという感慨が襲ってきて、光凜は目頭が熱くなった。

タマラに誓いのキスを促されると、アイザックは向かい合った光凜の両手を取り、「愛してる、ヒカリ」と優しく告げる。

「俺も……愛しています」

二人が唇を交わすと、参列客達から盛大な拍手が巻き起こった。

無事挙式が済むと、その後はオープンカーでのパレードが予定されていた。

光凜としては、そんな晴れがましい場は辞退したかったのだが、アイザックの体面もあるので頑張ることにした。

二人を乗せたオープンカーがゆっくり進んでいくと、沿道を埋め尽くした人々からわっと歓声が上がる。

「皆がヒカリを待ち望んでいたのだ。手を振って」

「う、うん」

アイザックに促され、彼の真似をしてぎこちなく右手を振る。

すると、人々の間から驚くほどのどよめきが上がった。

「ヒカリ様！　ご結婚おめでとうございます！」

「アルトラニアへようこそ！」

「アイザック殿下とおしあわせに！」

皆から、口々に英語で声をかけられる。

恐らく、まだ移住したばかりでアルトラニア語を理解できない光凜のためだろう。

中には片言の日本語で祝福してくれる人もいて、一瞬の驚きが去ると、形容し難い感動が光凜の胸に湧き上がる。

外国人の、しかも男性の自分を、この国の人々は果たして受け入れてくれるのだろうか。

たとえご神託によって選ばれたとしても、反対する人々も多いのではないか。

まだ心のどこかでそう危惧していたのだが、今目の前にいる人々の笑顔は本物だ。

「皆さん、ありがとうございます！」

嬉しくて、大きな声で英語で挨拶すると、皆は笑顔で手を振り返してくれた。

温かく受け入れてくれたこの国の人々に、いつか恩返しがしたい。

光凜は痛切にそう感じていた。

「アイザック、俺……まだまだ未熟だけど、皆の期待を裏切らないように努力するね」

嬉し涙を堪えて告げると、アイザックが微笑む。

「ヒカリは今のままでいい。焦らなくていい。これからは二人で互いを支え合い、愛し合って共に人生を生きていこう」

「……うん！」

自分も非力ながら、最愛の人《アイザック》を支えていきたい。

沿道を埋め尽くす人々の笑顔を、このハレの日の感動を、自分は一生忘れないだろう。

アイザックと共に彼らの声援に笑顔で応えながら、光凜は心からそう思った。

◆　◆　◆

ベッドの隣では、安らかな寝息を立てて光凜が眠っている。

まだ全裸のその首筋には、シーツの隙間からさきほどアイザックが熱心に刻んだ赤い痕がいくつもつけられていた。

加減しようとセーブしていたつもりだったが、また無理をさせてしまったかもしれないと反省する。

ただ今蜜月真っ只中の二人だが、もうアイザックは光凜が可愛くてたまらない。

本当なら毎晩でも抱きたいのだが、光凜は王宮での新生活を始めたばかりで、いろいろ大変なので必死に我慢している状態だ。

だが、今こうして光凜が自分の隣にいてくれるだけで、アイザックの心は満ち足りていた。

――やっと、私のものになってくれたのだな、ヒカリ。

心地よさそうに眠るそのあどけない寝顔を飽きることなく見つめながら、アイザックは今までのことを振り返る。

長兄と三男にはとっくに運命の相手が見つかったのに、いつまでもアイザックだけにご神託が下らなかったことを両親は心配していたようだが、当のアイザック自身は暢気に構えていた。

確かにご神託で結ばれた両親や兄弟達はとてもしあわせそうだったが、アイザックはその相手が本当に運命の相手なのか、今まで付き合ってきた女性達となにがどう違うのかと、かなり懐疑的だった。

それが、ようやくご神託が下り、アイザックの運命の伴侶は遠い日本にいると聞かされ、ますます疑問は深まった。

縁もゆかりもない国の人間と、一生を共にするヴィジョンがまるで湧かなかったからだ。

それでも慣例に従い、アイザックは花嫁探しの旅に出た。

何月何日、何時何分、この場所で二人は出会う。

タマラの予言はそこまで詳細で、アイザックが指定されたのは故国から数千キロ離れた異国の地・東京の渋谷近くの交差点だった。

こんな場所に、果たして運命の相手など現れるのだろうか？

かなり疑問を抱きながら現場に向かっていたアイザックだったが、すぐに考えを改めることとなる。

それはまさに、運命の出会いだった。

事故に遭いかけた少年を、自らの危険も顧みず救った天使が、アイザックの前に舞い降りたのだ。

一目出会ったその瞬間に、ああ、この人だとわかった。

全身に電流が走るような衝撃があり、しばらくその場で身動きができなかったほどだ。

あの日あの瞬間から、アイザックの心は光凛に囚われ、もう夢中だった。

光凛があまりに可愛いので、さらわれてしまうのではないかと心配で。

デリバリーのバイトで、また事故に遭うのではと心配で。

いつでもその居場所を把握しておきたいがために、GPSつきネックレスを贈り、壊したロードバイクの代わりにプレゼントした機種にも特注で仕込んでもらった。

もっとも、聡い光凛にはすぐ気づかれてしまったが。

そして、初めは本物の女性だと信じていたアイザックだったが、真実に気づいたのはダンスで初めて光凛を抱きしめた時だった。

折れそうにしなやかで華奢な体軀は、けれど女性特有の柔らかさがなかった。

そして、時を置かずしてテオが光凛の身許を調べ、彼が本当に男性であることが確定した。

さすがに王家に嫁ぐ人間の身辺調査をしないわけにはいかないので、それはやむを得ないことだった。

だが、それでもアイザックの気持ちにいささかの変化もなかった。

恐らく、光凜は早瀬に懇願《こんがん》され、本物の運命の相手（だと光凜が信じている）が見つかるまでの場繋ぎで女性を演じているのだと察した。

自分を遠ざけよう、嫌われようとする光凜に、男でも関係ない、きみを愛していると訴えたかったが、光凜はアイザックが自分を女性だと信じているからこそそばにいてくれるのだ。

男だとバレれば、彼はすぐ姿を隠してしまうだろう。

ならば、それを逆に利用し、女性だと信じているふりをし、今のうちに光凜を口説き落とせばいい。

そう考えを切り替えたアイザックは、テオにも光凜が男だと気づいていないふりを続けるように頼み、猛烈な勢いで光凜へのアタックを開始した。

男だと知っているのを黙っているのは心苦しかったが、このチャンスを逃せば光凜を永遠に失ってしまうのではないかと不安だったのだ。

光凜と一緒なら、どこにいてもなにをしても楽しい。

心が浮き立つようだ。

イヤミな話になってしまうが、アイザックは今までの人生でモテ過ぎたが故に、自ら積極的にいかずとも、周囲の女性達が彼を放っておいてくれない恵まれた立場だった。

だが、今回ばかりは必死だった。

「私はヒカリが男性でも女性でもかまわない。男性らしい、女性らしいというより、ヒカリらしいのが好きだ」

しかし、光凜が男だと知っていると告げられない状態で口説くのは、かなりの難関だ。

光凜は、自分のことを嫌ってはいない。

それは確かだと思う。

だが、強引に口説くことで、女性ではないから花嫁にはなれないと思い込んでいる光凜を苦しめているのかもしれないという迷いが生じた。

心なしか、光凜は日に日に物思いに耽《ふけ》り、元気がなくなっていくように見えた。

もしかしたら、女性だと偽ることで罪悪感に駆られ、良心の呵責《かしやく》に耐えかねているのかもしれない。

光凜を苦しめたくない、傷つけたくない。

もういっそすべてを打ち明け、男でもいいから結婚してくれと懇願してしまおうか。

アイザックがそう悩んでいた頃、ミルド宰相の策略で幼馴染みのマリアが来日し、光凜はこれ幸いとばかりに彼女と出かけ、アイザックを避けるようになった。

あまりのタイミングの悪さに、アイザックは頭を抱えることとなる。

マリアも、性格のいい光凜を気に入ってしまい、すっかり独占されたものの、「ヒカリにならアイザック兄様を譲ってあげてもよくってよ」と二人の時にこっそり耳打ちされた。

マリアの協力により、彼女は渋る父を説得して、あっさり帰国を決めてくれたので助かった。

よし、いよいよ本当のことを告げ、光凜に改めてプロポーズしよう。

そう勇んだ矢先に、ご神託の現場に居合わせたもう一人の女性が見つかったと、早瀬から連絡が入り、光凜はそのまま姿を消してしまったのだ。

こんなことになるなら、もっと早く手を打つべきだったと後悔してもあとのまつりだ。

今までの深謀遠慮《しんぼうえんりょ》なアイザックにしては、珍しい失態だった。

かくも恋は人を愚かにしてしまうものなのか。

聡い光凜はＧＰＳを警戒し、すべての荷物を残していなくなったので、居場所を捜すのは困難だ。

恐らく、身許を押さえられることを計算し、アパートや実家も避けて身を隠しているだろう。

後は、光凜の居場所を知っているであろう早瀬から聞き出すしかなかった。

が、普段調子のいい彼にしては珍しく、どれだけ宥めすかしても頑として口を割らなかった。

『光凜さんにはすごく迷惑をかけてしまったので、最後くらいは僕が盾になりますっ、たとえ拷問されても言えません！』

早瀬は、彼なりに光凜を大事に思ってくれている。

それがわかって、アイザックは嬉しかった。

そして彼に、自分は光凜が同性だと知った上でもう一度プロポーズをしたいので、どうかラストチャンスを与えてほしいと切々と訴えた。

早瀬自身はむろんアルトラニアでは同性婚ができることを知っていたが、やはり王室では難しいと考えていたようだ。

だが、アイザックの真剣な思いが伝わったのか、早瀬は悩んだ末、『男性でもいいからとプロポーズして、それでも光凜さんが断ったら、その時はきっぱりあきらめてくれますか？』と聞いてきた。

むろんだと答えると早瀬が光凜の居場所を教えてくれた後、テオが早瀬に礼をしたいと告げ、二人で密室に閉じこもっていたが、野暮はしたくないので彼らがなにをしていたのかは今後もそ知らぬふりを貫くことにする。

そんなわけでテオが早瀬に夢中になっている間に、アイザックは単身ホテルを抜け出し、教えてもらった軽井沢へと急いだ。

貸し別荘に向かう前に、偶然駅で光凜と出くわしたのは、やはり自分達が運命の相手だからだとさらに確信が深まった。

だが、アイザックにとっくに男だとバレていたとは知らない光凜はパニックに陥り、ロードバイクで逃げ出してしまった。

ここで車で追いかけたのでは、自分の本気は伝わらない。

普段自転車に乗る機会がないアイザックだったが、全力を振り絞って恋しい人を追いかけた。光凜が根負けし、足を止めてくれるまで。

これが、正真正銘のラストチャンスだ。

アイザックは今までの人生で一番真剣に全力で光凜を口説き、懇願し、結婚してほしいと訴え、光凜はついにそれを受け入れてくれた。

そして、もはや我慢の限界だったアイザックがそのままの勢いで光凜をベッドに引きずり込み、二人は晴れて結ばれたのだ。

既成事実を作った後は、光凜の気が変わらないうちに、とすかさず家族とタマラに対面を済ませ、二人で東京へ戻ると、帰国前の記者会見をすっぽかしてしまったのでテオにはしこたまお目玉を食らった。

だが、アイザックは、テオがわざと早瀬のことで隙を見せ、自分が抜け出すのを見逃してくれたのを察していたので、テオにも深く感謝したのだった。

そしてアイザックは改めてマスコミの取材を受け、光凜の存在は大々的に報道された。

こうして、新聞や週刊誌には、『初めてアルトラニア王室に嫁ぐ日本人は、なんと男性だった⁉』『ドラマティックな、世紀のロイヤルウェディング』などというセンセーショナルな見出しが躍り、光凜は一躍時の人となったのだ。

自分との結婚のために、光凜はアルトラニアに移住することになり、通っていた日本の大学を中退することになった。

こちらでも光凜が身につけたい勉強はできるので、落ち着いたら大学への編入を勧めるつもりだ。

外交官になりたかったという光凜の夢は叶わなかったかもしれないが、将来光凜はきっと国の外交に関わるアイザックを補佐し、助けになってくれることだろう。


「ん……」

飽きずに光凜の寝顔を見つめていると、光凜が寝返りを打ち、半分寝ぼけたようにアイザックの肩口に鼻先を擦り寄せてくる。

そして、アイザックの視線に気づいたのか、薄目を開けた。

「ごめん、いつのまにか寝ちゃった……」

「いいさ。ゆっくり眠るといい」

腕枕をしてやると、光凜は嬉しそうに頭を預けてくる。

「ね、前から気になってたんだけどさ」

「ん？」

「いったいいつから、俺が男だって気づいてたの？　軽井沢でバラした時、あんまり驚いてなかったよね？」

「それは企業秘密だ」

「なんだよ、それ」

ここは真実を告げず、そういうことにしておく。

光凜が男でも女でも、大富豪でもホームレスでも、すべては取るに足らない些末なことだ。それくらい、アイザックは光凜に夢中なのだから。

「ところでヒカリ、とてもいいことを思いついたのだが」

「なに？」

「タキシードでの挙式は、それはそれでよかったが、ヒカリのウェディングドレス姿も見たい。きっとすごく似合って可愛いはずだ。二人だけで、もう一度式をやらないか？」

「……マジで言ってる？　アイザックってば本気でやりそうだから困るよ！」

「はは、やはり駄目か？　なら、しかたがない。私の妄想だけにとどめておくことにするか」

「ちょっと！　妄想されるのも恥ずかしいんですけど！」

光凜は恥ずかしがっているが、アイザックは光凜のウェディングドレス姿も、それはそれは美しいだろうと遠慮なく妄想の翼を広げる。

「ウェディングドレス姿、妄想してる？」

「いや、今は、ヒカリが一番美しいのは生まれたままの姿だなと考えている」

「それも恥ずかしいんですけど！」

そんな話をしながら、しばらくベッドの中でじゃれ合った後、光凜が眠そうになってきたので、「おやすみ、ヒカリ」とその額にキスを送った。

「うん……おやすみ、アイザック」

アイザックにおやすみのキスをしてもらうと、光凜は安心したように再び寝息を立て始める。

もう、光凜が悪夢にうなされることはない。

たとえうなされたとしても、自分がその悪夢を追い払ってやる。

——なにがあっても、この先一生離さないぞ、ヒカリ。

世界で一番大切な、宝物を腕の中に抱き、アイザックも幸福な気分で目を閉じたのだった。

こんにちは、真船《まふね》です。今回のお話は担当様のリクエストにより、実に久々の王子物となりました。

多分、十数年ぶりとかのはずです（笑）

作中、実際の結婚式では光凜《ひかり》は白タキシード姿なので、ウェディングドレスを着ている今回の表紙カラーは、アイザックの妄想ウェディングなのです！

いや、アイザックの溺愛っぷりなら、その後本当にもう一回二人だけの『光凜ドレスヴァージョンウェディング』をやりそうなんですが（笑）

スーパーポジティヴなアイザックと、しっかり者の光凜は相性ぴったりのカップルになるのではと思っています。

末永くおしあわせに！

そして今回、イラストを担当してくださった、あまちかひろむ様。

お仕事ご一緒できて、とても嬉しかったです。

主人公二人がまさにイメージ通りで、できたらテオ&早瀬《はやせ》カップルのヴ

あとがき

ィジュアルも見たかったです……！　↑イラスト指定の都合で入らなかったのが、めっちゃ残念！

お忙しいところを、完璧王子様なアイザックと、愛らしい光凜を素敵に描いてくださって、本当にありがとうございました！


最後になりましたが、この本を手に取ってくださった皆様に、最大級の感謝を捧げます。

次作はまた少し今までとは違った作風になりそうですが、読んでいただけたらこれに勝る喜びはありません。

今後とも、なにとぞよろしくお願いいたします！

真船るのあ

CROSS NOVELS既刊好評発売中

恋のキューピッドは、喋って動くぬいぐるみ(780円)!?

ぬいぐるみを助けたら、なぜか花嫁になった件

真船るのあ

Illust 小椋ムク

「にいちゃん、わいを買わへんか!?」

大学生の希翔は、エセ関西弁を喋るウサギのぬいぐるみ・ウサ吉に懐かれてしまい、元の屋敷へ戻りたい彼の手助けをすることに。

だが屋敷の持ち主で御曹司の理章は、そんな希翔の突飛な話を当然信じてくれない。苦戦する中、理章にウサ吉の声を聞かせる方法が判明!　それは彼とキスをすること。回を重ねるごとに深くなるキスと共に、ときめきも抑えきれなくなって♡　不器用イケメン副社長×天然癒やし系男子のドキもふ花嫁ラブ!

CROSS NOVELS既刊好評発売中

それしってる！　ぷろぽぉずだよね？

子育てしてたら花嫁になっちゃいました

真船るのあ　Illust みずかねりょう

幼い弟の宙と陽太を抱え、ワンオペ育児で奮闘している佑麻の元に、両親が遺した土地を売れと大手不動産会社・専務の光憲が訪ねてきた。断固拒否したものの、不運と弟の悪戯が重なり、なんと光憲が記憶を失う事態に!?

責任を感じた佑麻は、彼の記憶を取り戻すべく恋人だったと偽って同居を始め、チビ達と一家総出で頑張ることに。やがて佑麻を恋人だと信じ込んだ光憲は、恋愛もリハビリが必要だと佑麻に触れてきて……？

記憶喪失スパダリ×弟思いな兄のしあわせ家庭ラブ♡

CROSS NOVELSをお買い上げいただきありがとうございます。
この本を読んだご意見・ご感想をお寄せください。

〒110-8625 東京都台東区東上野2-8-7　笠倉出版社
CROSS NOVELS編集部
「真船るのあ先生」係／「あまちかひろむ先生」係

CROSS NOVELS

運命の王子様と出会ったので、花嫁になります

著者
真船るのあ

2019年12月23日　初版発行　検印廃止

発行者　笠倉伸夫
発行所　株式会社　笠倉出版社
〒110-8625　東京都台東区東上野2-8-7　笠倉ビル
[営業] TEL 0120-984-164
FAX 03-4355-1109
[編集] TEL 03-4355-1103
FAX 03-5846-3493
http://www.kasakura.co.jp/
振替口座　00130-9-75686
印刷　株式会社　光邦
装丁　コガモデザイン
ISBN 978-4-7730-6012-6
Printed in Japan

CROSS NOVELS